2009年

应试指导专家组　编写

全国会计专业技术资格考试辅导用书

财务管理

历年考题详解及模拟测试

中级

剖析历年考题

把握命题规律

预测考点分布

化学工业出版社

·北京·

图书在版编目（CIP）数据

财务管理　历年考题详解及模拟测试/应试指导专家组编写．—北京：化学工业出版社，2008.12

2009 年全国会计专业技术资格考试辅导用书

ISBN 978-7-122-03944-6

Ⅰ．财…　Ⅱ．应…　Ⅲ．财务管理-会计-资格考核-解题　Ⅳ．F275

中国版本图书馆 CIP 数据核字（2008）第 164377 号

责任编辑：左晨燕　　　　　　　　　　　装帧设计：史利平

责任校对：李　林

出版发行：化学工业出版社（北京市东城区青年湖南街 13 号　邮政编码 100011）

印　　刷：北京云浩印刷有限责任公司

装　　订：三河市前程装订厂

720mm×1000mm　1/16　印张 12½　字数 238 千字　2009 年 1 月北京第 1 版第 1 次印刷

购书咨询：010-64518888（传真：010-64519686）　售后服务：010-64518899

网　　址：http://www.cip.com.cn

定　　价：28.00 元

前　言

　　全国会计专业技术资格考试是由财政部与人事部共同组织的一项专门针对会计人员的专业技术资格考试，是财务人员获取会计职称所必须通过的考试，因此也称为会计职称考试。近几年来我国对会计从业人员的需求量不断扩大，用人单位也越来越重视会计从业人员的素质。因此，近两年来随着CPA考试热的回落，会计职称考试越来越受到广大会计从业人员的认可，近几年参加会计专业技术资格考试的考生人数都达到了150万人左右。

　　会计专业技术资格考试涉及初级与中级两个级别。初级考试涉及《初级会计实务》与《经济法基础》两个科目，中级考试涉及《中级会计实务》、《经济法》、《财务管理》三个科目；初级考试实行一年通过全科考试的制度，中级考试实行两年内累积滚动通过的制度。

　　为了帮助考生了解考试的难度和题型分布情况，我们编写了这套丛书，内容主要包括三个部分：一是历年考试命题规律的总结；二是2004～2008年全国会计专业技术资格考试的试题及答案详解；三是为2009年考试精心准备的5套模拟试题及答案详解。

　　参加本套丛书编写的人员有（以姓氏汉语拼音为序）：郭春燕，贾海燕，江万昌，李辉，刘静，刘玲，刘小梅，刘欣，牛明宪，邵德春，申春海，申国兰，孙东华，王洪云，王绍宝，王文军，张丙辰，张胜刚，周美玉，周艳玲。最后由于天飞、周美玉进行审稿。

　　由于时间紧迫以及作者能力有限，书中不妥之处在所难免，恳请读者批评指正。

　　希望各位考生树立信心，通过自己的执着努力，顺利通过考试！

编　者

2008 年 11 月

目　　录

第一部分 历年考试命题规律

一、历年来《财务管理》考试的特点

历年来《财务管理》考试有如下一些特点。

第一，中级财务管理考试是一个全面考核，从历年试题的命题范围看，基本覆盖了考试大纲所规定的全部考试内容。以2008年考题为例，单选题有25道，每一章节均有考题，而且每章的考题都在2道左右；多选题和判断题各是10题，合起来也是每章2题左右。从上述客观题型的内容可以看出，中级财务管理考试范围非常广，每一章都有考题出现。因此，考生应该按照考试大纲的要求，较全面地理解和掌握教材的内容，以提高客观题的得分率。

第二，试题虽然涵盖了考试大纲的大部分内容，但重点内容依然是非常突出的。教材中的项目投资这一章每年的分值都很高，近几年均高达20分。因此，考生在复习过程中应该重点掌握。其次资金成本和资金结构、证券投资、营运资金、财务分析等章节也是分值分布较高的章节，平均分值在10分左右。每年还有一些新增的内容，也是考试的重点。所以考生在复习备考时，在全面掌握教材内容的前提下，应该对这些内容，给予更多的关注，有针对性地加强练习。

第三，从历年的考试情况看，试题中计算的内容较多，大约占50%，以2008年试题为例：单选题中四道题目涉及计算，共计4分；计算题4个题目，共计20分；综合题2个题目，共计25分，2008年计算的内容总共考了49分。占到试卷总分值的一半。可见计算量是很大的。这就要求考生在复习过程中，要动手多做练习，掌握解题的步骤、技巧，练习答题的速度。

二、题型、题量及各题型分值

1. 题型

《财务管理》考试的题型，近几年来基本维持以往的单项选择题、多项选择题、判断题、计算题、综合题。预计2009年的考试题型也不会有太大变化。

2. 题量及分值

近几年来中级财务管理考试的题量稳定在51题左右。客观题一般45题，主观题一般6题。

2004～2008 年试题题型、题量分析表

年　度		客　观　题				主　观　题			总　计
		单选	多选	判断	合计	计算	综合	合计	
2004	题量	25题	10题	10题	45题	4题	2题	6题	51题
	分值	25分	20分	10分	55分	20分	25分	45分	100分
2005	题量	25题	10题	10题	45题	4题	2题	6题	51题
	分值	25分	20分	10分	55分	20分	25分	45分	100分
2006	题量	25题	10题	10题	45题	4题	2题	6题	51题
	分值	25分	20分	10分	55分	20分	25分	45分	100分
2007	题量	25题	10题	10题	45题	4题	2题	6题	51题
	分值	25分	20分	10分	55分	20分	25分	45分	100分
2008	题量	25题	10题	10题	45题	4题	2题	6题	51题
	分值	25分	20分	10分	55分	20分	25分	45分	100分

三、2009 年复习应考建议

做任何事情都得讲究方法，应试也不例外。一套行之有效的学习方法，可以帮助应试人员准确理解题意，提高解题速度，增强灵活运用能力，从而为顺利通过会计职称考试提供方便。因此，介于对历年试题特点的分析，我们对 2009 年参加中级财务管理考试的考生给出以下几点复习建议。

1. 要制定合理的学习计划

制定一种好的学习计划，能使你集中精力有计划、有针对性地进行学习。无目的、无重点，通常很难获得高分。制定学习目标是重点学习、增强学习兴趣和自我测试的第一步。计划应尽可能具体一些。"我要在两周内将财务管理的第几章到第几章看完"，这不是一个好计划，因为它范围太大，太不具体；"我要在十天内将财务管理中'项目投资'一章中的几个主要问题都一一弄清楚"，这是一个较好的目标，因为它有具体内容，针对性强。

2. 要下苦功吃透教材

教材是根据教学大纲编写的，考试命题是以教材为依据的，在以前年度的考试中，相当一部分命题都可以直接从教材中找到答案，即使不能直接从教材中找到答案的命题，也是以教材为依据的，它们或者是相关知识点的融合，或者是若干单项财务管理知识点的综合运用，或者是某一知识点暗含信息量的挖掘与延伸。无论命题属于哪一种形式，都要求考生必须熟透教材。

熟透教材可以分三步进行（通常是通过对教材进行多次研读来完成的）。

第一步，弄懂教材。所谓弄懂，就是通过通读教材扫除每一章节、每一具体

内容的难点，在这一阶段的学习中，重点是各知识点的理解与掌握。但仅有这一步是不够的，因为各知识点还是分散的、零碎的，各知识点还没有对接，相互联系还没有把握。这就有必要进行第二步。

第二步，弄通教材。所谓弄通，就是通过再次反复通读教材，分析和把握各知识点的内在联系，从而提高灵活运用和综合解题的能力。但完成了第二步还是不够的，因为考试的题量大，知识面广，考试的内容往往渗透到教材的细枝末节，所以还需进一步深入学习教材。

第三步，弄透教材。所谓弄透教材就是通过更多次数地通读教材来巩固所学的知识，进一步琢磨和熟悉各知识点的联系，深入到教材的细枝末节，充分挖掘各知识点暗含的信息量，做到既能统领全局，又能深入细致，还会熟能生巧。做到了这个程度，就能顺利过关了。

3. 要精读应试辅导材料

第一，选择一本好的辅导材料。目前市场上的应试辅导材料琳琅满目，如果考生选择过多的学习资料，只能是浪费时间，不但达不到预期的效果，反而挤压了对教材的学习，最终落得舍本求末、事倍功半的结果。但将辅助材料拒之门外，又走向了另一个极端。因此考生在考前应该选择一本到两本较好的辅导材料。

第二，对于好的辅助材料要精读。对于质量较高的辅助材料，它可以帮助应试人员加速攻克难点、有效分析各知识点的联系，合理把握教材的深度和广度，因此要精读，并针对自身的弱点有针对性的练习。

4. 平时要多做练习，考前要做模拟题

《财务管理》虽然计算量较大，但计算题、综合题较集中，即重点非常突出。所以考生在全面熟读教材的前提下，要多做练习题，争取把教材中计算公式、计算方法在理解的前提下，能熟练、灵活应用。做题时最好的参考资料一是教材上的例题、二是历年真题。要把这些题目从头到尾仔细地做上几遍，掌握做题的思路和步骤。另外通过多做历年考题还可以掌握历年考试的题型、题量、难易程度以及命题专家的思路。而且考题的重复率也是比较大的，每年的考题中都会有一些题目是以前考题的翻版。所以做近几年的真题对于考生 2009 年的考试会有很大的帮助。

总之，好的学习方法可以有效地节省和巧妙地利用你的时间。根据历年考试试题总结以上几点建议，希望能助广大考生们一臂之力，顺利通过考试！

第二部分 历年考题和全真模拟题

2004 年全国会计专业技术资格考试
《财务管理》试题

—— 客观试题部分 ——

一、单项选择题（本类题共 25 题，每小题 1 分，共 25 分。每小题备选答案中，只有一个符合题意的正确答案。多选、错选、不选均不得分。）

1. 根据资金时间价值理论，在普通年金现值系数的基础上，期数减 1、系数加 1 的计算结果，应当等于（　　）。

    A. 递延年金现值系数　　　　　B. 后付年金现值系数

    C. 即付年金现值系数　　　　　D. 永续年金现值系数

2. 某企业拟按 15% 的期望投资报酬率进行一项固定资产投资决策，所计算的净现值指标为 100 万元，资金时间价值为 8%。假定不考虑通货膨胀因素，则下列表述中正确的是（　　）。

    A. 该项目的获利指数小于 1　　B. 该项目内部收益率小于 8%

    C. 该项目风险报酬率为 7%　　　D. 该企业不应进行此项投资

3. 某公司拟发行面值为 1000 元，不计复利，5 年后一次还本付息，票面利率为 10% 的债券。已知发行时资金市场的年利率为 12%，$(P/F, 10\%, 5) = 0.6209$，$(P/F, 12\%, 5) = 0.5674$。则该公司债券的发行价格为（　　）元。

    A. 851.10　　　　　　　　　　B. 907.84

    C. 931.35　　　　　　　　　　D. 993.44

4. 相对于发行股票而言，发行公司债券筹资的优点为（　　）。

    A. 筹资风险小　　　　　　　　B. 限制条款少

    C. 筹资额度大　　　　　　　　D. 资金成本低

5. 相对于发行债券和利用银行借款购买设备而言，通过融资租赁方式取得设备的主要缺点是（　　）。

    A. 限制条款多   B. 筹资速度慢

    C. 资金成本高   D. 财务风险大

6. 企业在选择筹资渠道时，下列各项中需要优先考虑的因素是（   ）。

    A. 资金成本   B. 企业类型

    C. 融资期限   D. 偿还方式

7. 如果企业一定期间内的固定生产成本和固定财务费用均不为零，则由上述因素共同作用而导致的杠杆效应属于（   ）。

    A. 经营杠杆效应   B. 财务杠杆效应

    C. 复合杠杆效应   D. 风险杠杆效应

8. 企业拟投资一个完整工业项目，预计第一年和第二年相关的流动资产需用额分别为 2000 万元和 3000 万元，两年相关的流动负债需用额分别为 1000 万元和 1500 万元，则第二年新增的流动资金投资额应为（   ）万元。

    A. 2000   B. 1500

    C. 1000   D. 500

9. 某投资项目的项目计算期为 5 年，净现值为 10000 万元，行业基准折现率为 10%，5 年期、折现率为 10% 的年金现值系数为 3.791，则该项目的年等额净回收额约为（   ）万元。

    A. 2000   B. 2638

    C. 37910   D. 50000

10. 在证券投资中，通过随机选择足够数量的证券进行组合可以分散掉的风险是（   ）。

    A. 所有风险   B. 市场风险

    C. 系统性风险   D. 非系统性风险

11. 低风险、低收益证券所占比重较小，高风险、高收益证券所占比重较高的投资组合属于（   ）。

    A. 冒险型投资组合   B. 适中型投资组合

    C. 保守型投资组合   D. 随机型投资组合

12. 持有过量现金可能导致的不利后果是（   ）。

    A. 财务风险加大   B. 收益水平下降

    C. 偿债能力下降   D. 资产流动性下降

13. 在企业应收账款管理中，明确规定了信用期限、折扣期限和现金折扣率等内容的是（   ）。

    A. 客户资信程度   B. 收账政策

    C. 信用等级   D. 信用条件

14. 在下列股利政策中，股利与利润之间保持固定比例关系，体现风险投资与风险收益对等关系的是（　　）。

    A. 剩余政策   B. 固定股利政策

    C. 固定股利比例政策   D. 正常股利加额外股利政策

15. 在下列公司中，通常适合采用固定股利政策的是（　　）。

    A. 收益显著增长的公司   B. 收益相对稳定的公司

    C. 财务风险较高的公司   D. 投资机会较多的公司

16. 在下列预算编制方法中，基于一系列可预见的业务量水平编制的、能适应多种情况的预算是（　　）。

    A. 弹性预算   B. 固定预算

    C. 增量预算   D. 零基预算

17. 在下列各项中，能够同时以实物量指标和价值量指标分别反映企业经营收入和相关现金收支的预算是（　　）。

    A. 现金预算   B. 销售预算

    C. 生产预算   D. 产品成本预算

18. 在下列各项中，不属于责任成本基本特征的是（　　）。

    A. 可以预计   B. 可以计量

    C. 可以控制   D. 可以对外报告

19. 已知 ABC 公司加权平均的最低投资利润率为 20%，其下设的甲投资中心投资额为 200 万元，剩余收益为 20 万元，则该中心的投资利润率为（　　）。

    A. 40%   B. 30%

    C. 20%   D. 10%

20. 某企业 2003 年主营业务收入净额为 36000 万元，流动资产平均余额为 4000 万元，固定资产平均余额为 8000 万元。假定没有其他资产，则该企业 2003 年的总资产周转率为（　　）次。

    A. 3.0   B. 3.4

    C. 2.9   D. 3.2

21. 在杜邦财务分析体系中，综合性最强的财务比率是（　　）。

    A. 净资产收益率   B. 总资产净利率

    C. 总资产周转率   D. 营业净利率

22. 在下列各项中，能够引起企业自有资金增加的筹资方式是（　　）。

    A. 吸收直接投资   B. 发行公司债券

    C. 利用商业信用   D. 留存收益转增资本

23. 在下列经济活动中，能够体现企业与投资者之间财务关系的是（　　）。

    A. 企业向职工支付工资

    B. 企业向其他企业支付货款

C. 企业向国家税务机关缴纳税款

D. 国有企业向国有资产投资公司支付股利

24. 在下列各项中，能够反映上市公司价值最大化目标实现程度的最佳指标是（　　）。

A. 总资产报酬率　　　　　　B. 净资产收益率

C. 每股市价　　　　　　　　D. 每股利润

25. 在下列各项资金时间价值系数中，与资本回收系数互为倒数关系的是（　　）。

A. $(P/F, i, n)$　　　　　　B. $(P/A, i, n)$

C. $(F/P, i, n)$　　　　　　D. $(F/A, i, n)$

二、多项选择题（本类题共 10 题，每小题 2 分，共 20 分。每小题备选答案中，有两个或两个以上符合题意的正确答案。多选、少选、错选、不选均不得分。）

1. 某单纯固定资产投资项目的资金来源为银行借款，按照全投资假设和简化公式计算经营期某年的净现金流量时，要考虑的因素有（　　）。

A. 该年因使用该固定资产新增的净利润

B. 该年因使用该固定资产新增的折旧

C. 该年回收的固定资产净残值

D. 该年偿还的相关借款本金

2. 在下列各项中，属于证券投资风险的有（　　）。

A. 违约风险　　　　　　　　B. 购买力风险

C. 流动性风险　　　　　　　D. 期限性风险

3. 下列各项中，属于建立存货经济进货批量基本模型假设前提的有（　　）。

A. 一定时期的进货总量可以较为准确地预测

B. 允许出现缺货

C. 仓储条件不受限制

D. 存货的价格稳定

4. 按照资本保全约束的要求，企业发放股利所需资金的来源包括（　　）。

A. 当期利润　　　　　　　　B. 留存收益

C. 原始投资　　　　　　　　D. 股本

5. 相对定期预算而言，滚动预算的优点有（　　）。

A. 透明度高　　　　　　　　B. 及时性强

C. 预算工作量小　　　　　　D. 连续性、完整性和稳定性突出

6. 在下列各项中，属于社会贡献率指标中的"社会贡献总额"内容的有（　　）。

    A. 工资支出

    B. 利息支出净额

    C. 其他社会福利支出

    D. 应交或已交的各种税款

7. 为确保企业财务目标的实现，下列各项中，可用于协调所有者与经营者矛盾的措施有（　　）。

    A. 所有者解聘经营者

    B. 所有者向企业派遣财务总监

    C. 公司被其他公司接收或吞并

    D. 所有者给经营者以"股票选择权"

8. 在下列各种情况下，会给企业带来经营风险的有（　　）。

    A. 企业举债过度

    B. 原材料价格发生变动

    C. 企业产品更新换代周期过长

    D. 企业产品的生产质量不稳定

9. 相对于普通股股东而言，优先股股东可以优先行使的权力有（　　）。

    A. 优先认股权

    B. 优先表决权

    C. 优先分配股利权

    D. 优先分配剩余财产权

10. 在边际贡献大于固定成本的情况下，下列措施中有利于降低企业复合风险的有（　　）。

    A. 增加产品销量

    B. 提高产品单价

    C. 提高资产负债率

    D. 节约固定成本支出

三、判断题（本类题共 10 题，每小题 1 分，共 10 分。每小题判断结果正确的得 1 分，判断结果错误的扣 0.5 分，不判断的不得分也不扣分。本类题最低得分为零分。）

1. 最优资金结构是使企业筹资能力最强、财务风险最小的资金结构。（　　）

2. 在评价投资项目的财务可行性时，如果静态投资回收期或投资利润率的评价结论与净现值指标的评价结论发生矛盾，应当以净现值指标的结论为准。

（　　）

3. 一般情况下，股票市场价格会随着市场利率的上升而下降，随着市场利率的下降而上升。（　　）

4. 企业营运资金余额越大，说明企业风险越小，收益率越高。（　　）

5. 企业发放股票股利会引起每股利润的下降，从而导致每股市价有可能下跌，因而每位股东所持股票的市场价值总额也将随之下降。（　　）

6. 责任成本的内部结转是指由承担损失的责任中心对实际发生或发现损失的其他责任中心进行损失赔偿的财务处理过程；对本部门因其自身原因造成的损失，不需要进行责任结转。（　　）

7. 民营企业与政府之间的财务关系体现为一种投资与受资关系。（　　）

8. 人们在进行财务决策时，之所以选择低风险的方案，是因为低风险会带来高收益，而高风险的方案则往往收益偏低。　　　　　　　　　　（　　）

9. 无面值股票的最大缺点是该股票既不能直接代表股份，也不能直接体现其实际价值。　　　　　　　　　　　　　　　　　　　　　　（　　）

10. 拥有"不参加优先股"股权的股东只能获得固定股利，不能参与剩余利润的分配。　　　　　　　　　　　　　　　　　　　　　　　　（　　）

■■■ 主观试题部分 ■■■

四、计算分析题（本类题共 4 题，每小题 5 分，共 20 分。凡要求计算的项目，均须列出计算过程；计算结果有计量单位的，应予标明，标明的计量单位应与题中所给计量单位相同；计算结果出现小数的，除特殊要求外，均保留小数点后两位小数。凡要求解释、分析、说明理由的内容，必须有相应的文字阐述。）

1. 已知：某公司 2003 年 12 月 31 日的长期负债及所有者权益总额为 18000 万元，其中，发行在外的普通股 8000 万股（每股面值 1 元），公司债券 2000 万元（按面值发行，票面年利率为 8%，每年年末付息，三年后到期），资本公积 4000 万元，其余均为留存收益。

2004 年 1 月 1 日，该公司拟投资一个新的建设项目需追加筹资 2000 万元，现有 A、B 两个筹资方案可供选择。A 方案为：发行普通股，预计每股发行价格为 5 元。B 方案为：按面值发行票面年利率为 8% 的公司债券（每年年末付息）。假定该建设项目投产后，2004 年度公司可实现息税前利润 4000 万元。公司适用的所得税税率为 33%。

要求：

（1）计算 A 方案的下列指标：

　　① 增发普通股的股份数；

　　② 2004 年公司的全年债券利息。

（2）计算 B 方案下 2004 年公司的全年债券利息。

（3）① 计算 A、B 两方案的每股利润无差别点；

　　② 为该公司作出筹资决策。

2. 某企业拟进行一项固定资产投资，该项目的现金流量表（部分）如下：

现金流量表（部分）　　　　　　　　　价值单位：万元

项　目　＼　t	建　设　期		经　营　期					合　计
	0	1	2	3	4	5	6	
净现金流量	−1000	−1000	100	1000	（B）	1000	1000	2900
累计净现金流量	−1000	−2000	−1900	（A）	900	1900	2900	—
折现净现金流量	−1000	−943.4	89	839.6	1425.8	747.3	705	1863.3

要求：

（1）计算上表中用英文字母表示的项目的数值。

（2）计算或确定下列指标：

　　① 静态投资回收期；

　　② 净现值；

　　③ 原始投资现值；

　　④ 净现值率；

　　⑤ 获利指数。

（3）评价该项目的财务可行性。

3. 已知：某公司 2004 年第 1～3 月实际销售额分别为 38000 万元、36000 万元和 41000 万元，预计 4 月份销售额为 40000 万元。每月销售收入中有 70％能于当月收现，20％于次月收现，10％于第三个月收讫，不存在坏账。假定该公司销售的产品在流通环节只需缴纳消费税，税率为 10％，并于当月以现金交纳。该公司 3 月末现金余额为 80 万元，应付账款余额为 5000 万元（需在 4 月份付清），不存在其他应收应付款项。

4 月份有关项目预计资料如下：采购材料 8000 万元（当月付款 70％）；工资及其他支出 8400 万元（用现金支付）；制造费用 8000 万元（其中折旧费等非付现费用为 4000 万元）；营业费用和管理费用 1000 万元（用现金支付）；预交所得税 1900 万元；购买设备 12000 万元（用现金支付）。现金不足时，通过向银行借款解决。4 月末现金余额要求不低于 100 万元。

要求：根据上述资料，计算该公司 4 月份的下列预算指标：

（1）经营性现金流入；

（2）经营性现金流出；

（3）现金余缺；

（4）应向银行借款的最低金额；

（5）4 月末应收账款余额。

4. 已知某集团公司下设三个投资中心，有关资料如下：

指　　标	集团公司	A 投资中心	B 投资中心	C 投资中心
净利润/万元	34650	10400	15800	8450
净资产平均占用额/万元	315000	94500	145000	75500
规定的最低投资报酬率	10%			

要求：

（1）计算该集团公司和各投资中心的投资利润率，并据此评价各投资中心的业绩。

（2）计算各投资中心的剩余收益，并据此评价各投资中心的业绩。

五、综合题（本类题共 2 题，第 1 小题 15 分，第 2 小题 10 分，共 25 分。凡要求计算的项目，均须列出计算过程；计算结果有计量单位的，应予标明，标明的计量单位应与题中所给计量单位相同；计算结果出现小数的，除特殊要求外，均保留小数点后两位小数。凡要求解释、分析、说明理由的内容，必须有相应的文字阐述。）

1. 已知：某上市公司现有资金 10000 万元，其中：普通股股本 3500 万元，长期借款 6000 万元，留存收益 500 万元。普通股成本为 10.5%，长期借款年利率为 8%，有关投资服务机构的统计资料表明，该上市公司股票的系统性风险是整个股票市场风险的 1.5 倍。目前整个股票市场平均收益率为 8%，无风险报酬率为 5%。公司适用的所得税税率为 33%。公司拟通过再筹资发展甲、乙两个投资项目。有关资料如下。

资料一：甲项目投资额为 1200 万元，经测算，甲项目的资本收益率存在 −5%，12% 和 17% 三种可能，三种情况出现的概率分别为 0.4，0.2 和 0.4。

资料二：乙项目投资额为 2000 万元，经过逐次测试，得到以下数据：当设定折现率为 14% 和 15% 时，乙项目的净现值分别为 4.9468 万元和 −7.4202 万元。

资料三：乙项目所需资金有 A、B 两个筹资方案可供选择。A 方案：发行票面年利率为 12%、期限为 3 年的公司债券。B 方案：增发普通股，股东要求每年股利增长 2.1%。

资料四：假定该公司筹资过程中发生的筹资费可忽略不计，长期借款和公司债券均为年末付息，到期还本。

要求：

（1）指出该公司股票的 β 系数。

（2）计算该公司股票的必要收益率。

（3）计算甲项目的预期收益率。

（4）计算乙项目的内部收益率。

（5）以该公司股票的必要收益率为标准，判断是否应当投资于甲、乙项目。

（6）分别计算乙项目 A、B 两个筹资方案的资金成本。

（7）根据乙项目的内部收益率和筹资方案的资金成本，对 A、B 两方案的经济合理性进行分析。

（8）计算乙项目分别采用 A、B 两个筹资方案再筹资后，该公司的综合资金成本。

（9）根据再筹资后公司的综合资金成本，对乙项目的筹资方案作出决策。

2. 已知：MT 公司 2000 年年初所有者权益总额为 1500 万元，该年的资本保值增值率为 125%（该年度没有出现引起所有者权益变化的客观因素）。2003 年年初负债总额为 4000 万元，所有者权益是负债的 1.5 倍，该年的资本积累率为 150%，年末资产负债率为 0.25，负债的年均利率为 10%，全年固定成本总额为 975 万元，净利润为 1005 万元，适用的企业所得税税率为 33%。

要求：根据上述资料，计算 MT 公司的下列指标：

（1）2000 年年末的所有者权益总额。

（2）2003 年年初的所有者权益总额。

（3）2003 年年初的资产负债率。

（4）2003 年年末的所有者权益总额和负债总额。

（5）2003 年年末的产权比率。

（6）2003 年的所有者权益平均余额和负债平均余额。

（7）2003 年的息税前利润。

（8）2003 年总资产报酬率。

（9）2003 年已获利息倍数。

（10）2004 年经营杠杆系数、财务杠杆系数和复合杠杆系数。

（11）2000 年年末至 2003 年年末的三年资本平均增长率。

2005 年全国会计专业技术资格考试
《财务管理》试题

客观试题部分

一、单项选择题（本类题共 25 题，每小题 1 分，共 25 分。每小题备选答案中，只有一个符合题意的正确答案。多选、错选、不选均不得分。）

1. 某种股票的期望收益率为 10％，其标准离差为 0.04，风险价值系数为 30％，则该股票的风险收益率为（　　）。

A. 40％ 　　　　　　　　　　　B. 12％

C. 6％ 　　　　　　　　　　　　D. 3％

2. 根据财务管理理论，按照资金来源渠道不同，可将筹资分为（　　）。

A. 直接筹资和间接筹资 　　　　B. 内源筹资和外源筹资

C. 权益筹资和负债筹资 　　　　D. 短期筹资和长期筹资

3. 某企业按年利率 5.8％向银行借款 1000 万元，银行要求保留 15％的补偿性余额，则这项借款的实际利率约为（　　）。

A. 5.8％ 　　　　　　　　　　　B. 6.4％

C. 6.8％ 　　　　　　　　　　　D. 7.3％

4. 在计算优先股成本时，下列各因素中，不需要考虑的是（　　）。

A. 发行优先股总额 　　　　　　B. 优先股筹资费率

C. 优先股的优先权 　　　　　　D. 优先股每年的股利

5. 下列各项中，运用普通股每年利润（每股收益）无差别点确定最佳资金结构时，需计算的指标是（　　）。

A. 息税前利润 　　　　　　　　B. 营业利润

C. 净利润 　　　　　　　　　　D. 利润总额

6. 下列资金结构调整的方法中，属于减量调整的是（　　）。

A. 债转股 　　　　　　　　　　B. 发行新债

C. 提前归还借款 　　　　　　　D. 增发新股偿还债务

7. 将企业投资区分为固定资产投资、流动资金投资、期货与期权投资等类型所依据的分类标志是（　　）。

A. 投入行为的介入程度   B. 投入的领域

C. 投资的方向   D. 投资的内容

8. 在投资收益不确定的情况下，按估计的各种可能收益水平及其发生概率计算的加权平均数是（   ）。

A. 实际投资收益（率）   B. 期望投资收益（率）

C. 必要投资收益（率）   D. 无风险收益（率）

9. 在计算由两项资产组成的投资组合收益率的方差时，不需要考虑的因素是（   ）。

A. 单项资产在投资组合中所占比重   B. 单项资产的 β 系数

C. 单项资产的方差   D. 两种资产的协方差

10. 下列各项中，不属于投资项目现金流出量内容的是（   ）。

A. 固定资产投资   B. 折旧与摊销

C. 无形资产投资   D. 新增经营成本

11. 如果某投资项目的相关评价指标满足以下关系：NPV$>$0，NPVR$>$0，PI$>$1，IRR$>i_c$，PP$>n/2$，则可以得出的结论是（   ）。

A. 该项目基本具备财务可行性

B. 该项目完全具备财务可行性

C. 该项目基本不具备财务可行性

D. 该项目完全不具备财务可行性

12. 下列各项中，属于证券投资系统性风险（市场风险）的是（   ）。

A. 利息率风险   B. 违约风险

C. 破产风险   D. 流动性风险

13. 下列各项中，不能衡量证券投资收益水平的是（   ）。

A. 持有期收益率   B. 到期收益率

C. 息票收益率   D. 标准离差率

14. 下列各项中，属于现金支出管理方法的是（   ）。

A. 银行业务集中法   B. 合理运用"浮游量"

C. 账龄分析法   D. 邮政信箱法

15. 在计算存货保本储存天数时，以下各项中不需要考虑的因素是（   ）。

A. 销售税金（营业税金）   B. 变动储存费

C. 所得税   D. 固定储存费

16. 相对于其他股利政策而言，既可以维持股利的稳定性，又有利于优化结构的股利政策是（   ）。

A. 剩余股利政策   B. 固定股利政策

C. 固定股利支付率政策   D. 低正常股利加额外股利政策

17. 下列各项中，不属于股票回购方式的是（　　）。

 A. 用本公司普通股股票换回优先股

 B. 与少数大股东协商购买本公司普通股股票

 C. 在市场上直接购买本公司普通股股票

 D. 向股东标购本公司普通股股票

18. 下列项目中，原本属于日常业务预算，但因其需要根据现金预算的相关数据来编制，因此被纳入财务预算的是（　　）。

 A. 财务费用预算　　　　　　　B. 预计利润表

 C. 销售费用预算　　　　　　　D. 预计资产负债表

19. 不论利润中心是否计算共同成本或不可控成本，都必须考核的指标是（　　）。

 A. 该中心的剩余收益　　　　　B. 该中心的边际贡献总额

 C. 该中心的可控利润总额　　　D. 该中心负责人的可控利润总额

20. 在分权组织结构下，编制责任预算的程序通常是（　　）。

 A. 自上而下，层层分解　　　　B. 自上而下，层层汇总

 C. 由下而上，层层分解　　　　D. 由下而上，层层汇总

21. 如果流动负债小于流动资产，则期末以现金偿付一笔短期借款所导致的结果是（　　）。

 A. 营运资金减少　　　　　　　B. 营运资金增加

 C. 流动比率降低　　　　　　　D. 流动比率提高

22. 下列各项展开式中不等于每股收益的是（　　）。

 A. 总资产收益率×平均每股净资产

 B. 股东权益收益率×平均每股净资产

 C. 总资产收益率×权益乘数×平均每股净资产

 D. 主营业务收入净利率×总资产周转率×权益乘数×平均每股净资产

23. 在没有通货膨胀的条件下，纯利率是指（　　）。

 A. 投资期望收益率　　　　　　B. 银行贷款基准利率

 C. 社会实际平均收益率　　　　D. 没有风险的均衡点利率

24. 下列各项中，不能协调所有者与债权人之间矛盾的方式是（　　）。

 A. 市场对公司强行接收或吞并

 B. 债权人通过合同实施限制性借款

 C. 债权人停止借款

 D. 债权人收回借款

25. 某企业于年初存入银行 10000 元，假定年利息率为 12％，每年复利两次。已知（F/P，6％，5）＝1.3382，（F/P，6％，10）＝1.7908，（F/P，12％，

5)=1.7623，(F/P，12%，10)＝3.1058，则第 5 年末的本利和为（　　）元。

    A. 13382　　　　　　　　　　B. 17623

    C. 17908　　　　　　　　　　D. 31058

二、多项选择题（本类题共 10 题，每小题 2 分，共 20 分。每小题备选答案中，有两个或两个以上符合题意的正确答案。多选、少选、错选、不选均不得分。）

1. 下列各项中，可用于计算单一方案净现值指标的方法有（　　）。

    A. 公式法　　　　　　　　　　B. 方案重复法

    C. 插入函数法　　　　　　　　D. 逐次测试法

2. 契约型基金又称单位信托基金，其当事人包括（　　）。

    A. 受益人　　　　　　　　　　B. 管理人

    C. 托管人　　　　　　　　　　D. 投资人

3. 赊销在企业生产经营中所发挥的作用有（　　）。

    A. 增加现金　　　　　　　　　B. 减少存货

    C. 促进销售　　　　　　　　　D. 减少借款

4. 公司在制定利润分配政策时应考虑的因素有（　　）。

    A. 通货膨胀因素　　　　　　　B. 股东因素

    C. 法律因素　　　　　　　　　D. 公司因素

5. 在编制现金预算的过程中，可作为其编制依据的有（　　）。

    A. 日常业务预算　　　　　　　B. 预计利润表

    C. 预计资产负债表　　　　　　D. 特种决策预算

6. 下列各项中，属于财务控制要素的有（　　）。

    A. 目标设定　　　　　　　　　B. 风险评估

    C. 监控　　　　　　　　　　　D. 风险应对

7. 下列各项中，与净资产收益率密切相关的有（　　）。

    A. 主营业务净利率　　　　　　B. 总资产周转率

    C. 总资产增长率　　　　　　　D. 权益乘数

8. 下列项目中，属于转移风险对策的有（　　）。

    A. 进行准确的预测　　　　　　B. 向保险公司投保

    C. 租赁经营　　　　　　　　　D. 业务外包

9. 下列各项中，属于认股权证基本要素的有（　　）。

    A. 认购数量　　　　　　　　　B. 赎回条款

    C. 认购期限　　　　　　　　　D. 认购价格

10. 下列项目中，可导致投资风险产生的原因有（　　）。

A. 投资成本的不确定性   B. 投资收益的不确定性

C. 投资决策的失误   D. 自然灾害

三、判断题（本类题共 10 题，每小题 1 分，共 10 分。每小题判断结果正确的得 1 分，判断结果错误的扣 0.5 分，不判断的不得分也不扣分。本类题最低得分为零分。）

1. 市场风险是指市场收益率整体变化所引起的市场上所有资产的收益率的变动性，它是影响所有资产的风险，因而不能被分散掉。   （　　）

2. 在应用差额投资内部收益率法对固定资产更新改造投资项目进行决策时，如果差额内部收益率小于行业基准折现率或资金成本率，就不应当进行更新改造。   （　　）

3. 投资基金的收益率是通过基金净资产的价值变化来衡量的。（　　）

4. 股票分割不仅有利于促进股票的流通和交易，而且还有助于公司并购政策的实施。   （　　）

5. 特种决策预算包括经营决策预算和投资决策预算，一般情况下，特种决策预算的数据要纳入日常业务预算和现金预算。   （　　）

6. 为了划定各责任中心的成本责任，使不应承担损失的责任中心在经济上得到合理补偿，必须进行责任转账。   （　　）

7. 市盈率是评价上市公司盈利能力的指标，它反映投资者愿意对公司每股净利润支付的价格。   （　　）

8. 对可能给企业带来灾难性损失的项目，企业应主动采取合资、联营和联合开发等措施，以规避风险。   （　　）

9. 杠杆收购筹资会使筹资企业的财务杠杆比率有所降低。（　　）

10. 从成熟的证券市场来看，企业筹资的优序模式首先是内部筹资，其次是增发股票，发行债券和可转换债券，最后是银行借款。   （　　）

■■■ 主观试题部分 ■■■

四、计算分析题（本类题共 4 题，每小题 5 分，共 20 分。凡要求计算的项目，均须列出计算过程；计算结果有计量单位的，应予标明，标明的计量单位应与题中所给计量单位相同；计算结果出现小数的，除特殊要求外，均保留小数点后两位小数。凡要求解释、分析、说明理由的内容，必须有相应的文字阐述。）

1. 某企业拟采用融资租赁方式于 2006 年 1 月 1 日从租赁公司租入一台设

备,设备款为 50000 元,租期为 5 年,到期后设备归企业所有。双方商定,如果采取后付等额租金方式付款,则折现率为 16%;如果采取先付等额租金方式付款,则折现率为 14%。企业的资金成本率为 10%。

部分资金时间价值系数如下:

t	10%	14%	16%
$(F/A,i,4)$	4.6410	4.9211	5.0665
$(P/A,i,4)$	3.1699	2.9137	2.7982
$(F/A,i,5)$	6.1051	6.6101	6.8771
$(P/A,i,5)$	3.7908	3.4331	3.2743
$(F/A,i,6)$	7.7156	8.5355	8.9775
$(P/A,i,6)$	4.3533	3.8887	3.6847

要求:

(1) 计算后付等额租金方式下的每年等额租金额;

(2) 计算后付等额租金方式下的 5 年租金终值;

(3) 计算先付等额租金方式下的每年等额租金额;

(4) 计算先付等额租金方式下的 5 年租金终值;

(5) 比较上述两种租金支付方式下的终值大小,说明哪种租金支付方式对企业更为有利。

(以上计算结果均保留整数)

2. 某公司拟进行股票投资,计划购买 A、B、C 三种股票,并分别设计了甲乙两种投资组合。

已知三种股票的 β 系数分别为 1.5、1.0 和 0.5,它们在甲种投资组合下的投资比重为 50%、30% 和 20%;乙种投资组合的风险收益率为 3.4%。同期市场上所有股票的平均收益率为 12%,无风险收益率为 8%。

要求:

(1) 根据 A、B、C 股票的 β 系数,分别评价这三种股票相对于市场投资组合而言的投资风险大小。

(2) 按照资本资产定价模型计算 A 股票的必要收益率。

(3) 计算甲种投资组合的 β 系数和风险收益率。

(4) 计算乙种投资组合的 β 系数和必要收益率。

(5) 比较甲乙两种投资组合的 β 系数,评价它们的投资风险大小。

3. 某企业预测 2005 年度销售收入净额为 4500 万元,现销与赊销比例为

1：4，应收账款平均收账天数为 60 天，变动成本率为 50％，企业的资金成本率为 10％。一年按 360 天计算。

要求：

（1）计算 2005 年度赊销额。

（2）计算 2005 年度应收账款的平均余额。

（3）计算 2005 年度维持赊销业务所需要的资金额。

（4）计算 2005 年度应收账款的机会成本额。

（5）若 2005 年应收账款需要控制在 400 万元，在其他因素不变的条件下，应收账款平均收账天数应调整为多少天？

4. 某公司成立于 2003 年 1 月 1 日，2003 年度实现的净利润为 1000 万元，分配现金股利 550 万元，提取盈余公积 450 万元（所提盈余公积均已指定用途）。2004 年实现的净利润为 900 万元（不考虑计提法定盈余公积的因素）。2005 年计划增加投资，所需资金为 700 万元。假定公司目标资本结构为自有资金占 60％，借入资金占 40％。

要求：

（1）在保持目标资本结构的前提下，计算 2005 年投资方案所需的自有资金额和需要从外部借入的资金额。

（2）在保持目标资本结构的前提下，如果公司执行剩余股利政策，计算 2004 年度应分配的现金股利。

（3）在不考虑目标资本结构的前提下，如果公司执行固定股利政策，计算 2004 年度应分配的现金股利、可用于 2005 年投资的留存收益和需要额外筹集的资金额。

（4）在不考虑目标资本结构的前提下，如果公司执行固定股利支付率政策，计算该公司的股利支付率和 2004 年度应分配的现金股利。

（5）假定公司 2005 年面临着从外部筹资的困难，只能从内部筹资，不考虑目标资本结构，计算在此情况下 2004 年度应分配的现金股利。

五、综合题（本类题共 2 题，第 1 小题 15 分，第 2 小题 10 分，共 25 分。凡要求计算的项目，均须列出计算过程；计算结果有计量单位的，应予标明，标明的计量单位应与题中所给计量单位相同；计算结果出现小数的，除特殊要求外，均保留小数点后两位小数。凡要求解释、分析、说明理由的内容，必须有相应的文字阐述。）

1. 某企业 2004 年 12 月 31 日的资产负债表（简表）如下：

2004 年 12 月 31 日 　　　　　　　　　**资产负债表**（简表）　　　　　　单位：万元

资　　产	期　末　数	负债及所有者权益	期　末　数
货币资金	300	应付账款	300
应收账款净额	900	应付票据	600
存货	1800	长期借款	2700
固定资产净值	2100	实收资本	1200
无形资产	300	留存收益	600
资产总计	5400	负债及所有者权益总计	5400

　　该企业 2004 年的主营业务收入净额为 6000 万元，主营业务净利率为 10％，净利润的 50％分配给投资者。预计 2005 年主营业务收入净额比上年增长 25％，为此需要增加固定资产 200 万元，增加无形资产 100 万元，根据有关情况分析，企业流动资产项目和流动负债项目将随主营业务收入同比例增减。

　　假定该企业 2005 年的主营业务净利率和利润分配政策与上年保持一致，该年度长期借款不发生变化；2005 年年末固定资产净值和无形资产合计为 2700 万元。2005 年企业需要增加对外筹集的资金由投资者增加投入解决。

　　要求：

　　(1) 计算 2005 年需要增加的营运资金额。

　　(2) 预测 2005 年需要增加对外筹集的资金额（不考虑计提法定盈余公积的因素；以前年度的留存收益均已有指定用途）。

　　(3) 预测 2005 年末的流动资产额、流动负债额、资产总额、负债总额和所有者权益总额。

　　(4) 预测 2005 年的速动比率和产权比率。

　　(5) 预测 2005 年的流动资产周转次数和总资产周转次数。

　　(6) 预测 2005 年的净资产收益率。

　　(7) 预测 2005 年的资本积累率和总资产增长率。

　　2. 某企业准备投资一个完整工业建设项目，所在的行业基准折现率（资金成本率）为 10％，分别有 A、B、C 三个方案可供选择。

　　(1) A 方案的有关资料如下：

金额单位：元

计算期	0	1	2	3	4	5	6	合计
净现金流量	−60000	0	30000	30000	20000	20000	30000	—
折现的净现金流量	−60000	0	24792	22539	13660	12418	16935	30344

　　已知 A 方案的投资于建设期起点一次投入，建设期为 1 年，该方案年等额净回收额为 6967 元。

　　（2）B 方案的项目计算期为 8 年，包括建设期的静态投资回收期为 3.5 年，净现值为 50000 元，年等额净回收额为 9370 元。

　　（3）C 方案的项目计算期为 12 年，包括建设期的静态投资回收期为 7 年，净现值为 70000 元。

　　要求：

　　（1）计算或指出 A 方案的下列指标：

　　　　① 包括建设期的静态投资回收期；

　　　　② 净现值。

　　（2）评价 A、B、C 三个方案的财务可行性。

　　（3）计算 C 方案的年等额净回收额。

　　（4）按计算期统一法的最短计算期法计算 B 方案调整后的净现值（计算结果保留整数）。

　　（5）分别用年等额净回收额法和最短计算期法作出投资决策（已知最短计算期为 6 年，A、C 方案调整后净现值分别为 30344 元和 44755 元）。

　　部分时间价值系数如下：

t	6	8	12
10% 的年金现值系数	4.3553	—	—
10% 的回收系数	0.2296	0.1874	0.1468

2006 年全国会计专业技术资格考试 《财务管理》试题

■■■■ 客观试题部分 ■■■■

一、单项选择题 （本类题共 25 题，每小题 1 分，共 25 分。每小题备选答案中，只有一个符合题意的正确答案。多选、错选、不选均不得分。）

1. 在下列各项中，属于表外筹资事项的是（　　）。

    A. 经营租赁   B. 利用商业信用

    C. 发行认股权证   D. 融资租赁

2. 如果用认股权证购买普通股，则股票的购买价格一般（　　）。

    A. 高于普通股市价   B. 低于普通股市价

    C. 等于普通股市价   D. 等于普通股价值

3. 假定某企业的权益资金与负债资金的比例为 60：40，据此可断定该企业（　　）。

    A. 只存在经营风险   B. 经营风险大于财务风险

    C. 经营风险小于财务风险   D. 同时存在经营风险和财务风险

4. 甲公司设立于 2005 年 12 月 31 日，预计 2006 年年底投产。假定目前的证券市场属于成熟市场，根据等级筹资理论的原理，甲公司在确定 2006 年筹资顺序时，应当优先考虑的筹资方式是（　　）。

    A. 内部筹资   B. 发行债券

    C. 增发股票   D. 向银行借款

5. 将投资区分为实物投资和金融投资所依据的分类标志是（　　）。

    A. 投资行为的介入程度   B. 投资的对象

    C. 投资的方向   D. 投资的目标

6. 如果某单项资产的系统风险大于整个市场投资组合的风险，则可以判定该项资产的 β 值（　　）。

    A. 等于 1   B. 小于 1

    C. 大于 1   D. 等于 0

7. 已知某完整工业投资项目的固定资产投资为 2000 万元，无形资产为 200

万元，开办费投资为 100 万元。预计投产后第二年的总成本费用为 1000 万元，同年的折旧额为 200 万元、无形资产摊销额为 40 万元，计入财务费用的利息支出为 60 万元，则投产后第二年用于计算净现金流量的经营成本为（   ）万元。

    A. 1300   B. 760

    C. 700   D. 300

8. 若某投资项目的建设期为零，则直接利用年金现值系数计算该项目内部收益率指标所要求的前提条件是（   ）。

    A. 投产后净现金流量为普通年金形式

    B. 投产后净现金流量为递延年金形式

    C. 投产后各年的净现金流量不相等

    D. 在建设起点没有发生任何投资

9. 证券按其收益的决定因素不同，可分为（   ）。

    A. 所有权证券和债权证券   B. 原生证券和衍生证券

    C. 公募证券和私募证券   D. 凭证证券和有价证券

10. 企业进行短期债券投资的主要目的是（   ）。

    A. 调节现金余缺、获取适当收益

    B. 获得对被投资企业的控制权

    C. 增加资产流动性

    D. 获得稳定收益

11. 假设某企业预测的年赊销额为 2000 万元，应收账款平均收账天数为 45 天，变动成本率为 60%，资金成本率为 8%，一年按 360 天计，则应收账款的机会成本为（   ）万元。

    A. 250   B. 200

    C. 15   D. 12

12. 以下各项与存货有关的成本费用中，不影响经济进货批量的是（   ）。

    A. 专设采购机构的基本开支   B. 采购员的差旅费

    C. 存货资金占用费   D. 存货的保险费

13. 某企业在选择股利政策时，以代理成本和外部融资成本之和最小化为标准。该企业所依据的股利理论是（   ）。

    A. "在手之鸟" 理论   B. 信号传递理论

    C. MM 理论   D. 代理理论

14. 在下列各项中，计算结果等于股利支付率的是（   ）。

    A. 每股收益除以每股股利   B. 每股股利除以每股收益

    C. 每股股利除以每股市价   D. 每股收益除以每股市价

15. 某企业按百分比法编制弹性利润预算表，预算销售收入为 100 万元，变动成本为 60 万元，固定成本为 30 万元，利润总额为 10 万元；如果预算销售收入达到 110 万元，则预算利润总额为（　　）万元。

A. 14　　　　　　　　　　　　B. 11

C. 4　　　　　　　　　　　　D. 1

16. 不受现有费用项目和开支水平限制，并能够克服增量预算方法缺点的预算方法是（　　）。

A. 弹性预算方法　　　　　　　B. 固定预算方法

C. 零基预算方法　　　　　　　D. 滚动预算方法

17. 将财务控制分为定额控制和定率控制，所采用的分类标志是（　　）。

A. 控制的功能　　　　　　　　B. 控制的手段

C. 控制的对象　　　　　　　　D. 控制的依据

18. 既能反映投资中心的投入产出关系，又可使个别投资中心的利益与企业整体利益保持一致的考核指标是（　　）。

A. 可控成本　　　　　　　　　B. 利润总额

C. 剩余收益　　　　　　　　　D. 投资利润率

19. 在下列财务分析主体中，必须对企业营运能力、偿债能力、盈利能力及发展能力的全部信息予以详尽了解和掌握的是（　　）。

A. 短期投资者　　　　　　　　B. 企业债权人

C. 企业经营者　　　　　　　　D. 税务机关

20. 在下列各项指标中，能够从动态角度反映企业偿债能力的是（　　）。

A. 现金流动负债比率　　　　　B. 资产负债率

C. 流动比率　　　　　　　　　D. 速动比率

21. 在下列关于资产负债率、权益乘数和产权比率之间关系的表达式中，正确的是（　　）。

A. 资产负债率＋权益乘数＝产权比率

B. 资产负债率－权益乘数＝产权比率

C. 资产负债率×权益乘数＝产权比率

D. 资产负债率÷权益乘数＝产权比率

22. 在财务管理中，企业将所筹集到的资金投入使用的过程被称为（　　）。

A. 广义投资　　　　　　　　　B. 狭义投资

C. 对外投资　　　　　　　　　D. 间接投资

23. 假定甲公司向乙公司赊销产品，并持有丙公司债券和丁公司的股票，且向戊公司支付公司债利息。假定不考虑其他条件，从甲公司的角度看，下列各项中属于本企业与债权人之间财务关系的是（　　）。

A. 甲公司与乙公司之间的关系

B. 甲公司与丙公司之间的关系

C. 甲公司与丁公司之间的关系

D. 甲公司与戊公司之间的关系

24. 在下列各项中,无法计算出确切结果的是(   )。

　　A. 后付年金终值　　　　　　　　B. 即付年金终值

　　C. 递延年金终值　　　　　　　　D. 永续年金终值

25. 根据财务管理的理论,特定风险通常是(   )。

　　A. 不可分散风险　　　　　　　　B. 非系统风险

　　C. 基本风险　　　　　　　　　　D. 系统风险

　　二、多项选择题(本类题共 10 题,每小题 2 分,共 20 分。每小题备选答案中,有两个或两个以上符合题意的正确答案。多选、少选、错选、不选均不得分。)

　　1. 在项目计算期不同的情况下,能够应用于多个互斥投资方案比较决策的方法有(   )。

　　A. 差额投资内部收益率法　　　　B. 年等额净回收额法

　　C. 最短计算期法　　　　　　　　D. 方案重复法

　　2. 在下列各项中,影响债券收益率的有(   )。

　　A. 债券的票面利率、期限和面值

　　B. 债券的持有时间

　　C. 债券的买入价和卖出价

　　D. 债券的流动性和违约风险

　　3. 股东从保护自身利益的角度出发,在确定股利分配政策时应考虑的因素有(   )。

　　A. 避税　　　　　　　　　　　　B. 控制权

　　C. 稳定收入　　　　　　　　　　D. 规避风险

　　4. 在下列各项预算中,属于财务预算内容的有(   )。

　　A. 销售预算　　　　　　　　　　B. 生产预算

　　C. 现金预算　　　　　　　　　　D. 预计利润表

　　5. 在下列各项措施中,属于财产保全控制的有(   )。

　　A. 限制接触财产　　　　　　　　B. 业绩评价

　　C. 财产保险　　　　　　　　　　D. 记录保护

　　6. 一个健全有效的企业综合财务指标体系必须具备的基本要素包括(   )。

　　A. 指标数量多　　　　　　　　　B. 指标要素齐全适当

C. 主辅指标功能匹配   D. 满足多方信息需要

7. 在下列各项中，属于企业财务管理的金融环境内容的有（   ）。

  A. 利息率   B. 公司法

  C. 金融工具   D. 税收法规

8. 在下列各项中，属于财务管理风险对策的有（   ）。

  A. 规避风险   B. 减少风险

  C. 转移风险   D. 接受风险

9. 在下列各项中，属于企业筹资动机的有（   ）。

  A. 设立企业   B. 企业扩张

  C. 企业收缩   D. 偿还债务

10. 在下列各项中，能够影响特定投资组合 β 系数的有（   ）。

  A. 该组合中所有单项资产在组合中所占比重

  B. 该组合中所有单项资产各自的 β 系数

  C. 市场投资组合的无风险收益率

  D. 该组合的无风险收益率

 三、判断题（本类题共 10 题，每小题 1 分，共 10 分。每小题判断结果正确的得 1 分，判断结果错误的扣 0.5 分，不判断的不得分也不扣分。本类题最低得分为零分。）

 1. 在项目投资决策中，净现金流量是指经营期内每年现金流入量与同年现金流出量之间的差额所形成的序列指标。   （   ）

 2. 购买国债虽然违约风险小，也几乎没有破产风险，但仍会面临利息率风险和购买力风险。   （   ）

 3. 与发放现金股利相比，股票回购可以提高每股收益，使股份上升或将股价维持在一个合理的水平上。   （   ）

 4. 在编制预计资产负债表时，对表中的年初项目和年末项目均需根据各种日常业务预算和专门决策预算的预计数据分析填列。   （   ）

 5. 责任中心之间无论是进行内部结算还是进行责任转账，都可以利用内部转移价格作为计价标准。   （   ）

 6. 在财务分析中，将通过对比两期或连续数期财务报告中的相同指标，以说明企业财务状况或经营成果变动趋势的方法称为水平分析法。   （   ）

 7. 财务管理环境是指对企业财务活动和财务管理产生影响作用的企业各种外部条件的统称。   （   ）

 8. 在有关资金时间价值指标的计算过程中，普通年金现值与普通年金终值是互为逆运算的关系。   （   ）

9. 在财务管理中，依据财务比率与资金需求量之间的关系预测资金需求量的方法称为比率预测法。 （　）

10. 根据财务管理的理论，必要投资收益等于期望投资收益、无风险收益和风险收益之和。 （　）

■■■ 主观试题部分 ■■■

四、计算分析题（本类题共 4 题，每小题 5 分，共 20 分。凡要求计算的项目，均须列出计算过程；计算结果有计量单位的，应予标明，标明的计量单位应与题中所给计量单位相同；计算结果出现小数的，除特殊要求外，均保留小数点后两位小数。凡要求解释、分析、说明理由的内容，必须有相应的文字阐述。）

1. 甲企业打算在 2005 年末购置一套不需要安装的新设备，以替换一套尚可使用 5 年、折余价值为 91000 元、变价净收入为 80000 元的旧设备。取得新设备的投资额为 285000 元。到 2010 年末，新设备的预计净残值超过继续使用旧设备的预计净残值 5000 元。使用新设备可使企业在 5 年内每年增加营业利润 10000 元。新旧设备均采用直线法计提折旧。假设全部资金来源均为自有资金，适用的企业所得税税率为 33%，折旧方法和预计净残值的估计均与税法的规定相同。

要求：

(1) 计算更新设备比继续使用旧设备增加的投资额。

(2) 计算经营期因更新设备而每年增加的折旧。

(3) 计算经营期每年因营业利润增加而导致的所得税变动额。

(4) 计算经营期每年因营业利润增加而增加的净利润。

(5) 计算因旧设备提前报废发生的处理固定资产净损失。

(6) 计算经营期第 1 年因旧设备提前报废发生净损失而抵减的所得税额。

(7) 计算建设期起点的差量净现金流量 ΔNCF_0。

(8) 计算经营期第 1 年的差量净现金流量 ΔNCF_1。

(9) 计算经营期第 2~4 年每年的差量净现金流量 $\Delta NCF_{2\sim4}$。

(10) 计算经营期第 5 年的差量净现金流量 ΔNCF_5。

2. 甲企业于 2005 年 1 月 1 日以 1100 元的价格购入 A 公司新发行的面值为 1000 元、票面年利息率为 10%、每年 1 月 1 日支付一次利息的 5 年期债券。

部分资金时间价值系数如下表所示。

i	$(P/F,i,5)$	$(P/A,i,5)$
7%	0.7130	4.1002
8%	0.6806	3.9927

要求：

（1）计算该项债券投资的直接收益率。

（2）计算该项债券投资的到期收益率。

（3）假定市场利率为 8%，根据债券投资的到期收益率，判断甲企业是否应当继续持有 A 公司债券，并说明原因。

（4）如果甲企业于 2006 年 1 月 1 日以 1150 元的价格卖出 A 公司债券，计算该项投资的持有期收益率。

3. 某企业每年需耗用 A 材料 45000 件，单位材料年存储成本 20 元，平均每次进货费用为 180 元，A 材料全年平均单价为 240 元。假定不存在数量折扣，不会出现陆续到货和缺货的现象。

要求：

（1）计算 A 材料的经济进货批量。

（2）计算 A 材料年度最佳进货批数。

（3）计算 A 材料的相关进货成本。

（4）计算 A 材料的相关存储成本。

（5）计算 A 材料经济进货批量平均占用资金。

4. ABC 公司 2006 年度设定的每季末预算现金余额的额定范围为 50 万～60 万元，其中，年末余额已预定为 60 万元。假定当前银行约定的单笔短期借款必须为 10 万元的倍数，年利息率为 6%，借款发生在相关季度的期初，每季末计算并支付借款利息，还款发生在相关季度的期末。2006 年该公司无其他融资计划。

ABC 公司编制的 2006 年度现金预算的部分数据如下表所示：

2006 年度 ABC 公司现金预算金额　　　　　　　　　　　单位：万元

项　　目	第一季度	第二季度	第三季度	第四季度	全　　年
①期初现金余额	40	*	*	*	（H）
②经营现金收入	1010	*	*	*	5516.3
③可运用现金合计	*	1396.30	1549	*	（I）
④经营现金支出	800	*	*	1302	4353.7

续表

项　　目	第一季度	第二季度	第三季度	第四季度	全　年
⑤资本性现金支出	＊	300	400	300	1200
⑥现金支出合计	1000	1365	＊	1602	5553.7
⑦现金余缺	(A)	31.3	−37.7	132.3	＊
⑧资金筹措及运用	0	19.7	(F)	−72.3	＊
加：短期借款	0	(C)	0	−20	0
减：支付短期借款利息	0	(D)	0.3	0.3	＊
购买有价证券	0	0	−90	(G)	＊
⑨期末现金余额	(B)	(E)	60	(J)

说明：表中用"＊"表示省略的数据。

要求：计算上表中用字母"A～J"表示的项目数值（除"H"和"J"项外，其余各项必须列出计算过程）。

五、综合题（本类题共 2 题，第 1 小题 15 分，第 2 小题 10 分，共 25 分。凡要求计算的项目，均须列出计算过程；计算结果有计量单位的，应予标明，标明的计量单位应与题中所给计量单位相同；计算结果出现小数的，除特殊要求外，均保留小数点后两位小数。凡要求解释、分析、说明理由的内容，必须有相应的文字阐述。）

1. A 公司 2005 年 12 月 31 日资产负债表上的长期负债与股东权益的比例为 40∶60。该公司计划于 2006 年为一个投资项目筹集资金，可供选择的筹资方式包括：向银行申请长期借款和增发普通股。公司以现有资金结构作为目标结构。其他有关资料如下：

（1）如果 A 公司 2006 年新增长期借款在 40000 万元以下（含 40000 万元）时，借款年利息率为 6%；如果新增长期借款在 40000 万～100000 万元范围内，年利息率将提高到 9%；A 公司无法获得超过 100000 万元的长期借款。银行借款筹资费忽略不计。

（2）如果 A 公司 2006 年度增发的普通股规模不超过 120000 万元（含 120000 万元），预计每股发行价为 20 元；如果增发规模超过 120000 万元，预计每股发行价为 16 元。普通股筹资费率为 4%（假定不考虑有关法律对公司增发普通股的限制）。

（3）A 公司 2006 年预计普通股股利为每股 2 元，以后每年增长 5%。

（4）A 公司适用的企业所得税税率为 33%。

要求：

（1）分别计算下列不同条件下的资金成本：

① 新增长期借款不超过 40000 万元时的长期借款成本；

② 新增长期借款超过 40000 万元时的长期借款成本；

③ 增发普通股不超过 120000 万元时的普通股成本；

④ 增发普通股超过 120000 万元时的普通股成本。

（2）计算所有的筹资总额分界点。

（3）计算 A 公司 2006 年最大筹资额。

（4）根据筹资总额分界点确定各个筹资范围，并计算每个筹资范围内的资金边际成本。

（5）假定上述项目的投资额为 180000 万元，预计内部收益率为 13%，根据上述计算结果，确定本项筹资的资金边际成本，并作出是否应当投资的决策。

2. XYZ 公司拟进行一项完整工业项目投资，现有甲、乙、丙、丁四个可供选择的互斥投资方案。已知相关资料如下：

资料一：已知甲方案的净现金流量为：$NCF_0 = -800$ 万元，$NCF_1 = -200$ 万元，$NCF_2 = 0$，$NCF_{3\sim11} = 250$ 万元，$NCF_{12} = 280$ 万元。假定经营期不发生追加投资，XYZ 公司所在行业的基准折现率为 16%。部分资金时间价值系数见表 1：

表 1　资金时间价值系数表

t	1	2	9	11	12
$(P/F, 16\%, t)$	0.8621	0.7432	0.2630	0.1954	0.1685
$(P/A, 16\%, t)$	0.8621	1.6052	4.6065	5.0286	5.1971

资料二：乙、丙、丁三个方案在不同情况下的各种投资结果及出现概率等资料见表 2：

表 2　资料　　　　　　　　　　　　　　金额单位：万元

项　目		乙方案		丙方案		丁方案	
		出现的概率	净现值	出现的概率	净现值	出现的概率	净现值
投资的结果	理想	0.3	100	0.4	200	0.4	200
	一般	0.4	60	0.6	100	0.2	300
	不理想	0.3	10	0	0	(C)	*
净现值的期望值		—	(A)	—	140	—	160
净现值的方差		—	*	—	(B)	—	*
净现值的标准离差		—	*	—	*	—	96.95
净现值的标准离差率		—	61.30%	—	34.99%	—	(D)

资料三：假定市场上的无风险收益率为 9％，通货膨胀因素忽略不计，风险价值系数为 10％，乙方案和丙方案预期的风险收益率分别为 10％和 8％，丁方案预期的总投资收益率为 22％。

要求：

(1) 根据资料一，指出甲方案的建设期、经营期、项目计算期、原始总投资，并说明资金投入方式。

(2) 根据资料一，计算甲方案的下列指标：

① 不包括建设期的静态投资回收期。

② 包括建设期的静态投资回收期。

③ 净现值（结果保留小数点后一位小数）。

(3) 根据资料二，计算表 2 中用字母"A～D"表示的指标数值（不要求列出计算过程）。

(4) 根据资料三，计算下列指标：

① 乙方案预期的总投资收益率。

② 丙方案预期的总投资收益率。

③ 丁方案预期的风险收益率和投资收益率的标准离差率。

(5) 根据净现值指标评价上述四个方案的财务可行性。XYZ 公司从规避风险的角度考虑，应优先选择哪个投资项目？

2007 年全国会计专业技术资格考试
《财务管理》试题

——— 客观试题部分 ———

一、单项选择题（本类题共 25 题，每小题 1 分，共 25 分。每小题备选答案中，只有一个符合题意的正确答案。多选、错选、不选均不得分。）

1. 已知某种证券收益率的标准差为 0.2，当前的市场组合收益率的标准差为 0.4，两者之间的相关系数为 0.5，则两者之间的协方差是（ ）。

    A. 0.04   B. 0.16

    C. 0.25   D. 1.00

2. 某公司从本年度起每年年末存入银行一笔固定金额的款项，若按复利制用最简便算法计算第 n 年末可以从银行取出的本利和，则应选用的时间价值系数是（ ）。

    A. 复利终值系数   B. 复利现值系数

    C. 普通年金终值系数   D. 普通年金现值系数

3. 已知某完整工业投资项目预计投产第一年的流动资产需用数为 100 万元，流动负债可用数为 40 万元；投产第二年的流动资产需用数为 190 万元，流动负债可用数为 100 万元。则投产第二年新增的流动资金额应为（ ）万元。

    A. 150   B. 90

    C. 60   D. 30

4. 在下列各项中，属于项目资本金现金流量表的流出内容，不属于全部投资现金流量表流出内容的是（ ）。

    A. 营业税金及附加   B. 借款利息支付

    C. 维持运营投资   D. 经营成本

5. 相对于股票投资而言，下列项目中能够揭示债券投资特点的是（ ）。

    A. 无法事先预知投资收益水平   B. 投资收益率的稳定性较强

    C. 投资收益率比较高   D. 投资风险较大

6. 某公司股票在某一时点的市场价格为 30 元，认股权证规定每股股票的认购价格为 20 元，每张认股权证可以购买 0.5 股普通股，则该时点每张认股权证的理论价值为（ ）。

A. 5 元   B. 10 元

C. 15 元   D. 25 元

7. 根据营运资金管理理论，下列各项中不属于企业应收账款成本内容的是（   ）。

A. 机会成本   B. 管理成本

C. 短缺成本   D. 坏账成本

8. 在营运资金管理中，企业将"从收到尚未付款的材料开始，到以现金支付该货款之间所用的时间"称为（   ）。

A. 现金周转期   B. 应付账款周转期

C. 存货周转期   D. 应收账款周转期

9. 在不考虑筹款限制的前提下，下列筹资方式中个别资金成本最高的通常是（   ）。

A. 发行普通股   B. 留存收益筹资

C. 长期借款筹资   D. 发行公司债券

10. 在每份认股权证中，如果按一定比例含有几家公司的若干股票，则据此可判定这种认股权证是（   ）。

A. 单独发行认股权证   B. 附带发行认股权证

C. 备兑认股权证   D. 配股权证

11. 与短期借款筹资相比，短期融资券筹资的特点是（   ）。

A. 筹资风险比较小   B. 筹资弹性比较大

C. 筹资条件比较严格   D. 筹资条件比较宽松

12. 在下列各项中，不能用于加权平均资金成本计算的是（   ）。

A. 市场价值权数   B. 目标价值权数

C. 账面价值权数   D. 边际价值权数

13. 某企业某年的财务杠杆系数为 2.5，息税前利润（EBIT）的计划增长率为 10%，假定其他因素不变，则该年普通股每股收益（EPS）的增长率为（   ）。

A. 4%   B. 5%

C. 20%   D. 25%

14. 在下列股利分配政策中，能保持股利与收益之间一定的比例关系，并体现多盈多分、少盈少分、无盈不分原则的是（   ）。

A. 剩余股利政策   B. 固定或稳定增长股利政策

C. 固定股利支付率政策   D. 低正常股利加额外股利政策

15. 在下列各项中，能够增加普通股股票发行在外的股数，但不改变公司资本结构的行为是（   ）。

A. 支付现金股利 B. 增发普通股

C. 股票分割 D. 股票回购

16. 在下列预算方法中，能够适应多种业务量水平并能克服固定预算方法缺点的是（ ）。

A. 弹性预算方法 B. 增量预算方法

C. 零基预算方法 D. 流动预算方法

17. 某期现金预算中假定出现了正值的现金收支差额，且超过额定的期末现金余额时，单纯从财务预算调剂现金余缺的角度看，该期不宜采用的措施是（ ）。

A. 偿还部分借款利息 B. 偿还部分借款本金

C. 抛售短期有价证券 D. 购入短期有价证券

18. 企业将各责任中心清偿因相互提供产品或劳务所发生的，按内部转移价格计算的债权、债务的业务称为（ ）。

A. 责任报告 B. 业务考核

C. 内部结算 D. 责任转账

19. 作业成本法是以作业为基础计算和控制产品成本的方法，简称（ ）。

A. 变动成本法 B. 传统成本法

C. ABC 分类法 D. ABC 法

20. 在下列各项指标中，其算式的分子、分母均使用本年数据的是（ ）。

A. 资本保值增值率 B. 技术投入比率

C. 总资产增长率 D. 资本积累率

21. 在下列财务业绩评价指标中，属于企业获利能力基本指标的是（ ）。

A. 营业利润增长率 B. 总资产报酬率

C. 总资产周转率 D. 资本保值增值率

22. 根据财务管理理论，企业在生产经营活动过程中客观存在的资金运动及其所体现的经济利益关系被称为（ ）。

A. 企业财务管理 B. 企业财务活动

C. 企业财务关系 D. 企业财务

23. 在下列各项中，从甲公司的角度看，能够形成"本企业与债务人之间财务关系"的业务是（ ）。

A. 甲公司购买乙公司发行的债券 B. 甲公司归还所欠丙公司的货款

C. 甲公司从丁公司赊购产品 D. 甲公司向戊公司支付利息

24. 在下列各种观点中，既能够考虑资金的时间价值和投资风险，又有利于克服管理上的片面性和短期行为的财务管理目标是（ ）。

A. 利润最大化 B. 企业价值最大化

C. 每股收益最大化 D. 资本利润率最大化

25. 如果 A、B 两只股票的收益率变化方向和变化幅度完全相同，则由其组成的投资组合（　　　）。

　　A. 不能降低任何风险　　　　　　B. 可以分散部分风险
　　C. 可以最大限度地抵消风险　　　D. 风险等于两只股票风险之和

二、多项选择题（本类题共 10 题，每小题 2 分，共 20 分。每小题备选答案中，有两个或两个以上符合题意的正确答案。多选、少选、错选、不选均不得分。）

1. 在下列各种资本结构理论中，支持"负债越多企业价值越大"观点的有（　　　）。

　　A. 代理理论　　　　　　　　　　B. 净收益理论
　　C. 净营业收益理论　　　　　　　D. 修正的 MM 理论

2. 在下列各项中，属于企业进行收益分配应遵循的原则有（　　　）。

　　A. 依法分配原则　　　　　　　　B. 资本保全原则
　　C. 分配与积累并重原则　　　　　D. 投资与收益对等原则

3. 在计算不超过一年期债券的持有期年均收益率时，应考虑的因素包括（　　　）。

　　A. 利息收入　　　　　　　　　　B. 持有时间
　　C. 买入价　　　　　　　　　　　D. 卖出价

4. 在下列各项中，属于日常业务预算的有（　　　）。

　　A. 销售预算　　　　　　　　　　B. 现金预算
　　C. 生产预算　　　　　　　　　　D. 销售费用预算

5. 在下列质量成本项目中，属于不可避免成本的有（　　　）。

　　A. 预防成本　　　　　　　　　　B. 检验成本
　　C. 内部质量损失成本　　　　　　D. 外部质量损失成本

6. 企业计算稀释每股收益时，应当考虑的稀释性潜在的普通股包括（　　　）。

　　A. 股票期权　　　　　　　　　　B. 认股权证
　　C. 可转换公司债券　　　　　　　D. 不可转换公司债券

7. 在下列各项中，属于财务管理经济环境构成要素的有（　　　）。

　　A. 经济周期　　　　　　　　　　B. 经济发展水平
　　C. 宏观经济政策　　　　　　　　D. 公司治理结构

8. 在下列各项中，可以直接或间接利用普通年金终值系数计算出确切结果的项目有（　　　）。

　　A. 偿债基金　　　　　　　　　　B. 先付年金终值
　　C. 永续年金现值　　　　　　　　D. 永续年金终值

9. 在下列各项中，属于股票投资技术分析法的有（　　　）。

　　A. 指标法　　　　　　　　　　B. K 线法

　　C. 形态法　　　　　　　　　　D. 波浪法

10. 运用成本分析模式确定最佳现金持有量时，持有现金的相关成本包括（　　）。

　　A. 机会成本　　　　　　　　　B. 转换成本

　　C. 短缺成本　　　　　　　　　D. 管理成本

三、判断题（本类题共 10 题，每小题 1 分，共 10 分。每小题判断结果正确的得 1 分，判断结果错误的扣 0.5 分，不判断的不得分也不扣分。本类题最低得分为零分。）

1. 附权优先认股权的价值与新股认购价的大小成正比例关系。　　（　　）

2. 企业之所以持有一定数量的现金，主要是出于交易动机、预防动机和投机动机。　　（　　）

3. 筹资渠道解决的是资金来源问题，筹资方式解决的是通过何方式取得资金的问题，它们之间不存在对应关系。　　（　　）

4. 经营杠杆能够扩大市场和生产等不确定性因素对利润变动的影响。
　　（　　）

5. 在除息日之前，股利权利从属于股票；从除息日开始，新购入股票的投资者不能分享本次已宣告发放的股利。　　（　　）

6. 在财务预算的编制过程中，编制预计财务报表的正确程序是：先编制预计资产负债表，然后再编制预计利润表。　　（　　）

7. 从财务管理的角度看，公司治理是有关公司控制权和剩余索取权分配的一套法律、制度以及文化的安排。　　（　　）

8. 证券组合风险的大小，等于组合中各个证券风险的加权平均数。（　　）

9. 根据财务管理理论，按照三阶段模型估算的普通股价值，等于股利高速增长阶段现值、股利固定增长阶段现值和股利固定不变阶段现值之和。（　　）

10. 根据项目投资理论，完整工业项目运营期某年的所得税前净现金流量等于该年的自由现金流量。　　（　　）

■ 主观试题部分 ■

四、计算分析题（本类题共 4 题，每小题 5 分，共 20 分。凡要求计算的项目，均须列出计算过程；计算结果有计量单位的，应予标明，标明的计量单位应与题中所给计量单位相同；计算结果出现小数的，除特殊要求外，均保留小数点后两位小数。凡要求解释、分析、说明理由的内容，必须有相应的文字阐述。）

1. 已知：现行国库券的利率为 5％，证券市场组合平均收益率为 15％，市场上 A、B、C、D 四种股票的 β 系数分别为 0.91、1.17、1.8 和 0.52；B、C、D 股票的必要收益率分别为 16.7％、23％和 10.2％。

要求：

（1）采用资本资产定价模型计算 A 股票的必要收益率。

（2）计算 B 股票价值，为拟投资该股票的投资者作出是否投资的决策，并说明理由。假定 B 股票当前每股市价为 15 元，最近一期发放的每股股利为 2.2 元，预计年股利增长率为 4％。

（3）计算 A、B、C 投资组合的 β 系数和必要收益率。假定投资者购买 A、B、C 三种股票的比例为 1∶3∶6。

（4）已知按 3∶5∶2 的比例购买 A、B、D 三种股票，所形成的 A、B、D 投资组合的 β 系数为 0.96，该组合的必要收益率为 14.6％；如果不考虑风险大小，请在 A、B、C 和 A、B、D 两种投资组合中作出投资决策，并说明理由。

2. 已知：ABC 公司是一个基金公司，相关资料如下：

资料一：2006 年 1 月 1 日，ABC 公司的基金资产总额（市场价值）为 27000 万元，其负债总额（市场价值）为 3000 万元，基金份数为 8000 万份。在基金交易中，该公司收取首次认购费和赎回费，认购费率为基金资产净值的 2％，赎回费率为基金资产净值的 1％。

资料二：2006 年 12 月 31 日，ABC 公司按收盘价计算的资产总额为 26789 万元，其负债总额为 345 万元，已售出 10000 万份基金单位。

资料三：假定 2006 年 12 月 31 日，某投资者持有该基金 2 万份，到 2007 年 12 月 31 日，该基金投资者持有的份数不变，预计此时基金单位净值为 3.05 元。

要求：

（1）根据资料一计算 2006 年 1 月 1 日 ABC 公司的下列指标：

① 基金净资产价值总额；

② 基金单位净值；

③ 基金认购价；

④ 基金赎回价。

（2）根据资料二计算 2006 年 12 月 31 日的 ABC 公司基金单位净值。

（3）根据资料三计算 2007 年该投资者的预计基金收益率。

3. 某企业甲产品单位工时标准为 2 小时/件，标准变动费用分配率为 5 元/小时，标准固定制造费用分配率为 8 元/小时。本月预算产量为 10000 件，实际产量为 12000 件，实际工时为 21600 元，实际变动制造费用与固定制造费用分别为 110160 元和 250000 元。

要求：计算下列指标：
（1）单位产品的变动制造费用标准成本。
（2）单位产品的固定制造费用标准成本。
（3）变动制造费用效率差异。
（4）变动制造费用耗费差异。
（5）两差异法下的固定制造费用耗费差异。
（6）两差异法下的固定制造费用能量差异。

4. 某企业 2006 年末产权比率为 80％，流动资产占总资产的 40％。有关负债的资料如下：
资料一：该企业资产负债表中的负债项目如表 1 所示：

表 1

负债项目	金额	负债项目	金额
流动负债：		非流动负债：	
短期借款	2000	长期借款	12000
应付账款	3000	应付债券	20000
预收账款	2500	非流动负债合计	32000
其他应付款	4500	负债合计	48000
一年内到期的长期负债	4000		
流动负债合计	16000		

资料二：该企业报表附注中的或有负债信息如下：已贴现承兑汇票 500 万元，对外担保 2000 万元，未决诉讼 200 万元，其他或有负债 300 万元。

要求：计算下列指标：
（1）所有者权益总额。
（2）流动资产和流动比率。
（3）资产负债率。
（4）或有负债金额和或有负债比率。

（5）带息负债金额和带息负债比率。

五、综合题（本类题共 2 题，第 1 小题 15 分，第 2 小题 10 分，共 25 分。凡要求计算的项目，均须列出计算过程；计算结果有计量单位的，应予标明，标明的计量单位应与题中所给计量单位相同；计算结果出现小数的，除特殊要求外，均保留小数点后两位小数。凡要求解释、分析、说明理由的内容，必须有相应的文字阐述。）

1. 已知：甲企业不缴纳营业税和消费税，适用的所得税税率为 33%，城建税税率为 7%，教育费附加率为 3%。所在行业的基准收益率 i_c 为 10%。该企业拟投资建设一条生产线，现有 A 和 B 两个方案可供选择。

资料一：A 方案投产后某年的预计营业收入为 100 万元，该年不包括财务费用的总成本费用为 80 万元，其中，外购原材料、燃料和动力费为 40 万元，工资及福利费为 23 万元，折旧费为 12 万元，无形资产摊销费为 0，其他费用为 5 万元，该年预计应交增值税 10.2 万元。

资料二：B 方案的现金流量如表 2 所列。

表 2　现金流量表（全部投资）　　　　　　单位：万元

项目计算期	建设期		运　营　期							合计
（第 t 年）	0	1	2	3	4	5	6	7~10	11	
1. 现金流入	0	0	60	120	120	120	120	*	*	1100
1.1 营业收入			60	120	120	120	120	*	120	1140
1.2 回收固定资产余值									10	10
1.3 回收流动资金									*	*
2. 现金流出	100	50	54.18	68.36	68.36	68.36	68.36	*	68.36	819.42
2.1 建设投资	100	30								130
2.2 流动资金投资	20	20								40
2.3 经营成本	*	*	*	*	*	*	*	*	*	*
2.4 营业税金及附加	*	*	*	*	*	*	*	*	*	*
3. 所得税前净现金流量	−100	−50	5.82	51.64	51.64	51.64	51.64	*	101.64	370.58
4. 累计所得税前净现金流量	−100	−150	−144.18	−92.54	−40.9	10.74	62.38		370.58	—
5. 调整所得税			0.33	5.60	5.60	5.60	5.60		7.25	58.98
6. 所得税后净现金流量	−100	−50	5.49	46.04	46.04	46.04	46.04		94.39	311.6
7. 累计所得税后净现金流量	−100	−150	−144.51	−98.47	−52.43	−6.39	39.65		311.6	

该方案建设期发生的固定资产投资为 105 万元，其余为无形资产投资，不发生开办费投资。固定资产的折旧年限为 10 年，期末预计净残值为 10 万元，按直线法计提折旧；无形资产投资的摊销期为 5 年。建设期资本化利息为 5 万元。

部分时间价值系数为：$(P/A, 10\%, 11) = 6.4951$，$(P/A, 10\%, 1) = 0.9091$

要求：

(1) 根据资料一计算 A 方案的下列指标：

① 该年付现的经营成本；

② 该年营业税金及附加；

③ 该年息税前利润；

④ 该年调整所得税；

⑤ 该年所得税前净现金流量。

(2) 根据资料二计算 B 方案的下列指标：

① 建设投资；

② 无形资产投资；

③ 流动资金投资；

④ 原始投资；

⑤ 项目总投资；

⑥ 固定资产原值；

⑦ 运营期 1～10 年每年的折旧额；

⑧ 运营期 1～5 年每年的无形资产摊销额；

⑨ 运营期末的回收额；

⑩ 包括建设期的静态投资回收期（所得税后）和不包括建设期的静态投资回收期（所得税后）。

(3) 已知 B 方案运营期的第二年和最后一年的息税前利润的数据分别为 36.64 万元和 41.64 万元，请按简化公式计算这两年该方案的所得税前净现金流量 NCF_3 和 NCF_{11}。

(4) 假定 A 方案所得税后净现金流量为：$NCF_0 = -120$ 万元，$NCF_1 = 0$，$NCF_{2\sim11} = 24.72$ 万元，据此计算该方案的下列指标：

① 净现值（所得税后）；

② 不包括建设期的静态投资回收期（所得税后）；

③ 包括建设期的静态投资回收期（所得税后）。

(5) 已知 B 方案按所得税后净现金流量计算的净现值为 92.21 万元，请按净现值和包括建设期的静态投资回收期指标，对 A 方案和 B 方案作出是否具备财务可行性的评价。

2. 已知：甲、乙、丙三个企业的相关资料如下：

资料一：甲企业历史上现金占用与销售收入之间的关系如表 3 所列：

表 3　现金与销售收入变化情况表　　　　　单位：万元

年　度	销售收入	现金占用	年　度	销售收入	现金占用
2001	10200	680	2004	11100	710
2002	10000	700	2005	11500	730
2003	10800	690	2006	12000	750

资料二：乙企业 2006 年 12 月 31 日资产负债表（简表）如表 4 所列：

表 4　乙企业资产负债表（简表）
2006 年 12 月 31 日　　　　　单位：万元

资产		负债和所有者权益	
现金	750	应付费用	1500
应收账款	2250	应付账款	750
存货	4500	短期借款	2750
固定资产净值	4500	公司债券	2500
		实收资本	3000
		留存收益	1500
资产合计	12000	负债和所有者权益合计	12000

该企业 2007 年的相关预测数据为：销售收入 20000 万元，新增留存收益 100 万元；不变现金总额 1000 元，每元销售收入占用变动现金 0.05，其他与销售收入变化有关的资产负债表项目预测数据如表 5 所列：

表 5　现金与销售收入变化情况表　　　　　单位：万元

	年度不变资金(a)	每元销售收入所需变动资金(b)
应收账款	570	0.14
存货	1500	0.25
固定资产净值	4500	0
应付费用	300	0.1
应付账款	390	0.03

资料三：丙企业 2006 年末总股本为 300 万股，该年利息费用为 500 万元，假定该部分利息费用在 2007 年保持不变，预计 2007 年销售收入为 15000 元，预计息税前利润与销售收入的比率为 12%。该企业决定于 2007 年初从外部筹集资金 850 万元。具体筹资方案有两个：

方案 1：发行普通股股票 100 万股，发行价每股 8.5 元。2006 年每股股利（D_0）为 0.5 元，预计股利增长率为 5%。

方案 2：发行债券 850 万元，债券利率 10%，适用的企业所得税税率为 33%。

假定上述两方案的筹资费用均忽略不计。

要求：

(1) 根据资料一，运用高低点法测算甲企业的下列指标：

    ① 每元销售收入占用变动现金；

    ② 销售收入占用不变现金总额。

(2) 根据资料二为乙企业完成下列任务：

    ① 按步骤建立总资产需求模型；

    ② 测算 2007 年资金需求总量；

    ③ 测算 2007 年外部筹资量。

(3) 根据资料三为丙企业完成下列任务：

    ① 计算 2007 年预计息税前利润；

    ② 计算每股收益无差别点；

    ③ 根据每股收益无差别点法作出最优筹资方案决策，并说明理由；

    ④ 计算方案 1 增发新股的资金成本。

2008 年全国会计专业技术资格考试
《财务管理》试题

■ **客观试题部分** ■

一、单项选择题（本类题共 25 小题，每小题 1 分，共 25 分。每小题备选答案中，只有一个符合题意的正确答案。多选、错选、不选均不得分。）

1. 下列各项中，不属于速动资产的是（　　）。
   A. 应收账款　　　　　　　　B. 预付账款
   C. 应收票据　　　　　　　　D. 货币资金

2. 下列各项中，不属于财务业绩定量评价指标的是（　　）。
   A. 获利能力　　　　　　　　B. 资产质量指标
   C. 经营增长指标　　　　　　D. 人力资源指标

3. 企业实施了一项狭义的"资金分配"活动，由此而形成的财务关系是（　　）。
   A. 企业与投资者之间的财务关系　　B. 企业与受资者之间的财务关系
   C. 企业与债务人之间的财务关系　　D. 企业与供应商之间的财务关系

4. 下列各项中，能够用于协调企业所有者与企业债权人矛盾的方法是（　　）。
   A. 解聘　　　　　　　　　　B. 接收
   C. 激励　　　　　　　　　　D. 停止借款

5. 投资者对某项资产合理要求的最低收益率，称为（　　）。
   A. 实际收益率　　　　　　　B. 必要收益率
   C. 预期收益率　　　　　　　D. 无风险收益率

6. 某投资者选择资产的唯一标准是预期收益的大小，而不管风险状况如何，则该投资者属于（　　）。
   A. 风险爱好者　　　　　　　B. 风险回避者
   C. 风险追求者　　　　　　　D. 风险中立者

7. 某公司拟于 5 年后一次还清所欠债务 100000 元，假定银行利息率为 10％，5 年 10％的年金终值系数为 6.1051，5 年 10％的年金现值系数为 3.7908，则应从现在起每年末等额存入银行的偿债基金为（　　）元。

    A. 16379.75　　　　　　　　　　B. 26379.66

    C. 379080　　　　　　　　　　　D. 610510

8. 某上市公司预计未来 5 年股利高速增长，然后转为正常增长，则下列各项普通股评价模型中，最适宜于计算该公司股票价值的是（　　）。

    A. 股利固定模型　　　　　　　　B. 零成长股票模型

    C. 三阶段模型　　　　　　　　　D. 股利固定增长模型

9. 从项目投资的角度看，在计算完整工业投资项目的运营期所得税前净现金流量时，不需要考虑的因素是（　　）。

    A. 营业税金及附加　　　　　　　B. 资本化利息

    C. 营业收入　　　　　　　　　　D. 经营成本

10. 在下列方法中，不能直接用于项目计算期不相同的多个互斥方案比较决策的方法是（　　）。

    A. 净现值法　　　　　　　　　　B. 方案重复法

    C. 年等额净回收额法　　　　　　D. 最短计算期法

11. 将证券分为公募证券和私募证券的分类标志是（　　）。

    A. 证券挂牌交易的场所　　　　　B. 证券体现的权益关系

    C. 证券发行的主体　　　　　　　D. 证券募集的方式

12. 基金发起人在设立基金时，规定了基金单位的发行总额，筹集到这个总额后，基金即宣告成立，在一定时期内不再接受新投资，这种基金称为（　　）。

    A. 契约型基金　　　　　　　　　B. 公司型基金

    C. 封闭式基金　　　　　　　　　D. 开放式基金

13. 企业评价客户等级，决定给予或拒绝客户信用的依据是（　　）。

    A. 信用标准　　　　　　　　　　B. 收账政策

    C. 信用条件　　　　　　　　　　D. 信用政策

14. 某企业全年必要现金支付额为 2000 万元，除银行同意在 10 月份贷款 500 万元外，其他稳定可靠的现金流入为 500 万元，企业应收账款总额为 2000 万元，则应收账款收现保证率为（　　）。

    A. 25%　　　　　　　　　　　　B. 50%

    C. 75%　　　　　　　　　　　　D. 100%

15. 认股权证按允许购买股票的期限可分为长期认股权证和短期认股权证，其中长期认股权证期限通常超过（　　）。

    A. 60 天　　　　　　　　　　　B. 90 天

    C. 180 天　　　　　　　　　　　D. 360 天

16. 某企业年初从银行贷款 100 万元，期限 1 年，年利率为 10%，按照贴现法付息,则年末应偿还的金额为( )万元。

    A. 70   B. 90

    C. 100   D. 110

17. 已知某企业目标资本结构中长期债务的比重为 40%,债务资金的增加额在 0～20000 元范围内,其年利息率维持 10% 不变,则该企业与此相关的筹资总额分界点为( )元。

    A. 8000   B. 10000

    C. 50000   D. 200000

18. "当负债达到 100% 时,价值最大",持有这种观点的资本结构理论是( )。

    A. 代理理论   B. 净收益理论

    C. 净营业收益理论   D. 等级筹资理论

19. 在确定企业的收益分配政策时,应当考虑相关因素的影响,其中"资本保全约束"属于( )。

    A. 股东因素   B. 公司因素

    C. 法律因素   D. 债务契约因素

20. 如果上市公司以其应付票据作为股利支付给股东,则这种股利的方式称为( )。

    A. 现金股利   B. 股票股利

    C. 财产股利   D. 负债股利

21. 在下列各项中,不属于财务预算内容的是( )。

    A. 预计资产负债表   B. 现金预算

    C. 预计利润表   D. 销售预算

22. 在下列各项中,不属于滚动预算方法的滚动方式的是( )。

    A. 逐年滚动方式   B. 逐季滚动方式

    C. 逐月滚动方式   D. 混合滚动方式

23. 在下列各项中,不能纳入企业现金预算范围的是( )。

    A. 经营性现金支出   B. 资本化借款利息

    C. 经营性现金收入   D. 资本性现金支出

24. 根据财务管理理论,内部控制的核心是( )。

    A. 成本控制   B. 质量控制

    C. 财务控制   D. 人员控制

25. 在下列各项内部转移价格中,既能够较好满足供应方和使用方的不同需求又能激励双方积极性的是( )。

    A. 市场价格   B. 协商价格

C. 双重价格   D. 成本转移价格

二、多项选择题（本类题共 10 小题，每小题 2 分，共 20 分。每小题备选答案中，有两个或两个以上符合题意的正确答案。多选，少选、错选、不选均不得分。）

1. 在下列各项中，属于可控成本必须同时具备的条件有（　　）。
   A. 可以预计   B. 可以计量
   C. 可以施加影响   D. 可以落实责任

2. 计算下列各项指标时，其分母需要采用平均数的有（　　）。
   A. 劳动效率   B. 应收账款周转次数
   C. 总资产报酬率   D. 应收账款周转天数

3. 以"企业价值最大化"作为财务管理目标的优点有（　　）。
   A. 有利于社会资源的合理配置
   B. 有助于精确估算非上市公司价值
   C. 反映了对企业资产保值增值的要求
   D. 有利于克服管理上的片面性和短期行为

4. 下列各项中，能够衡量风险的指标有（　　）。
   A. 方差   B. 标准差
   C. 期望值   D. 标准离差率

5. 下列各项中，其数值等于即付年金终值系数的有（　　）。
   A. $(P/A, i, n)(1+i)$ B. $(P/A, i, n-1)+1$
   C. $(F/A, i, n)(1+i)$ D. $(F/A, i, n+1)-1$

6. 如果某投资项目完全具备财务可行性，且其净现值指标大于零，则可以断定该项目的相关评价指标同时满足以下关系：（　　）。
   A. 获利指数大于 1
   B. 净现值率大于等于零
   C. 内部收益率大于基准折现率
   D. 包括建设期的静态投资回收期大于项目计算期的一半

7. 从规避投资风险的角度看，债券投资组合的主要形式有（　　）。
   A. 短期债券与长期债券组合
   B. 信用债券与担保债券组合
   C. 政府债券、金融债券与企业债券组合
   D. 附认股权债券与不附认股权债券组合

8. 根据现有资本结构理论，下列各项中，属于影响资本结构决策因素的有（　　）。

A. 企业资产结构　　　　　　　　B. 企业财务状况

C. 企业产品销售状况　　　　　　D. 企业技术人员学历结构

9. 在编制生产预算时，计算某种产品预计生产量应考虑的因素包括（　　）。

A. 预计材料采购量　　　　　　　B. 预计产品售销量

C. 预计期初产品存货量　　　　　D. 预计期末产品存货量

10. 下列各项中，属于内部控制设计原则的有（　　）。

A. 重要性原则　　　　　　　　　B. 全面性原则

C. 制衡性原则　　　　　　　　　D. 适应性原则

三、判断题（本类题共 10 小题，每小题 1 分，共 10 分，请判断每小题的表述是否正确。每小题答题正确的得 1 分，答题错误的扣 0.5 分，不答题的不得分也不扣分。本类题最低得分为零分。）

1. 财务控制是指按照一定的程序与方法，确保企业及其内部机构和人员全面落实和实现财务预算的过程。（　　）

2. 资本保值增值率是企业年末所有者权益总额与年初所有者权益总额的比值，可以反映企业当年资本的实际增减变动情况。（　　）

3. 在风险分散过程中，随着资产组合中资产数目的增加，分散风险的效应会越来越明显。（　　）

4. 随着折现率的提高，未来某一款项的现值将逐渐增加。（　　）

5. 根据项目投资的理论，在各类投资项目中，运营期现金流出量中都包括固定资产投资。（　　）

6. 认股权证的实际价值是由市场供求关系决定的，由于套利行为的存在，认股权证的实际价值通常不等于其理论价值。（　　）

7. 与银行业务集中法相比较，邮政信箱法不仅可以加快现金回收，而且还可以降低收账成本。（　　）

8. 如果企业在发行债券的契约中规定了允许提前偿还的条款，则当预测年利息率下降时，一般应提前赎回债券。（　　）

9. 如果销售具有较强的周期性，则企业在筹集资金时不适宜过多采取负债筹资。（　　）

10. 代理理论认为，高支付率的股利政策有助于降低企业的代理成本，但同时也会增加企业的外部融资成本。（　　）

◼◼◼ 主观试题部分 ◼◼◼

四、计算分析题（本类题共 4 小题，每小题 5 分，共 20 分。凡要求计算的项目，均须列出计算过程；计算结果有计量单位的，应予标明，标明的计量单位应与题中所给计量单位相同；计算结果出现小数的，除特殊要求外，均保留小数点后两位小数。凡要求解释、分析、说明理由的内容，必须有相应的文字阐述。）

1. 已知：A、B两种证券构成证券投资组合。A证券的预期收益率为10%，方差是0.0144，投资比重为80%；B证券的预期收益率为18%，方差是0.04，投资比重为20%；A证券收益率与B证券收益率的协方差是0.0048。

要求：

（1）计算下列指标：

① 该证券投资组合的预期收益率；

② A证券的标准差；

③ B证券的标准差；

④ A证券与B证券的相关系数；

⑤ 该证券投资组合的标准差。

（2）当A证券与B证券的相关系数为0.5时，投资组合的标准差为12.11%，结合（1）的计算结果回答以下问题：

① 相关系数的大小对投资组合收益率有没有影响？

② 相关系数的大小对投资组合风险有什么样的影响？

2. 已知：某公司发行票面金额为1000元、票面利率为8%的3年期债券，该债券每年计息一次，到期归还本金，当时的市场利率为10%。

要求：

（1）计算该债券的理论价值。

（2）假定投资者甲以940元的市场价格购入该债券，准备一直持有至期满，若不考虑各种税费的影响，计算到期收益率。

（3）假定该债券约定每季度付息一次，投资者乙以940元的市场价格购入该债券，持有9个月收到利息60元，然后以965元将该债券卖出。计算：

① 持有期收益率；

② 持有期年均收益率。

3. 已知：某企业拟进行一项单纯固定资产投资，现有A、B两个互斥方案可供选择，相关资料如下表所示：

价值单位：万元

方案	项目计算期 指标	建设期		运营期	
		0	1	2～11	12
A	固定资产投资	*	*		
	新增息税前利润（每年相等）			*	*
	新增的折旧			100	100
	新增的营业税金及附加			1.5	*
	所得税前净现金流量	-1000	0	200	*
B	固定资产投资	500	500		
	所得税前净现金流量	*	*	200	*

说明：表中"2～11"年一列中的数据为每年数，连续 10 年相等；用"*"表示省略的数据。

要求：

（1）确定或计算 A 方案的下列数据：

① 固定资产投资金额；

② 运营期每年新增息税前利润；

③ 不包括建设期的静态投资回收期。

（2）请判断能否利用净现值法作出最终投资决策。

（3）如果 A、B 两方案的净现值分别为 180.92 万元和 273.42 万元，请按照一定方法作出最终决策，并说明理由。

4. 已知：某公司现金收支平稳，预计全年（按 360 天计算）现金需要量为 360000 元，现金与有价证券的转换成本为每次 300 元，有价证券年均报酬率为 6%。

要求：

（1）运用存货模式计算最佳现金持有量。

（2）计算最佳现金持有量下的最低现金管理相关总成本、全年现金转换成本和全年现金持有机会成本。

（3）计算最佳现金持有量下的全年有价证券交易次数和有价证券交易间隔期。

五、综合题（本类题共 2 小题，第 1 小题 15 分，第 2 小题 10 分，共 25 分。凡要求计算的项目，均须列出计算过程：计算结果有计量单位的，应予标明，标明的计量单位应与题中所给计量单位相同；计算结果出现小数的，除特殊要求外，均保留小数点后两位小数。凡要求解释、分析、说明理由的内容，必须有相应的文字阐述。）

1. 甲公司是一家上市公司，有关资料如下：

资料一：2008 年 3 月 31 日甲公司股票每股市价 25 元，每股收益 2 元；股东权益项目构成如下：普通股 4000 万股，每股面值 1 元，计 4000 万元；资本公积 500 万元；留存收益 9500 万元。公司实行稳定增长的股利政策，股利年增长率为 5％。目前一年期国债利息率为 4％，市场组合风险收益率为 6％。不考虑通货膨胀因素。

资料二：2008 年 4 月 1 日，甲公司公布的 2007 年度分红方案为：凡在 2008 年 4 月 15 日前登记在册的本公司股东，有权享有每股 1.15 元的现金股息分红，除息日是 2008 年 4 月 16 日，享有本次股息分红的股东可于 5 月 16 日领取股息。

资料三：2008 年 4 月 20 日，甲公司股票市价为每股 25 元，董事会会议决定，根据公司投资计划拟增发股票 1000 万股，并规定原股东享有优先认股权，每股认购价格为 18 元。

要求：

(1) 根据资料一：

① 计算甲公司股票的市盈率；

② 若甲公司股票所含系统风险与市场组合的风险一致，确定甲公司股票的贝塔系数；

③ 若甲公司股票的贝塔系数为 1.05，运用资本资产定价模型计算其必要收益率。

(2) 根据资料一和资料三计算下列指标：

① 原股东购买 1 股新发行股票所需要的认股权数；

② 登记日前的附权优先认股权价值；

③ 无优先认股权的股票价格。

(3) 假定目前普通股每股市价为 23 元，根据资料一和资料二，运用股利折现模型计算留存收益筹资成本。

(4) 假定甲公司发放 10％ 的股票股利替代现金分红，并于 2008 年 4 月 16 日完成该分配方案，结合资料一计算完成分红方案后的下列指标：

① 普通股股数；

② 股东权益各项目的数额。

(5) 假定 2008 年 3 月 31 日甲公司准备用现金按照每股市价 25 元回购 800 万股股票，且公司净利润与市盈率保持不变，结合资料一计算下列指标：

① 净利润；

② 股票回购之后的每股收益；

③ 股票回购之后的每股市价。

2. 某公司是一家上市公司，相关资料如下：

资料一：2007 年 12 月 31 日的资产负债表如下：

单位：万元

资产	金额	负债及所有者权益	金额
货币资金	10000	短期借款	3750
应收账款	6250	应付账款	11250
存货	15000	预收账款	7500
固定资产	20000	应付债券	7500
无形资产	250	股本	1500
		留存收益	6500
资产合计	51500	负债及所有者权益合计	51500

该公司 2007 年的营业收入为 62500 万元，营业净利率为 12%，股利支付率为 50%。

资料二：经测算，2008 年该公司营业收入将达到 75000 万元，营业净利率和股利支付率不变，无形资产也不相应增加。经分析，流动资产项目与流动负债项目（短期借款除外）随营业收入同比例增减。

资料三：该公司 2008 年有一项固定资产投资计划，投资额为 2200 万元，各年预计净现金流量为 $NCF_0 = -2200$ 万元，$NCF_{1\sim4} = 300$ 万元，$NCF_{5\sim9} = 400$ 万元，$NCF_{10} = 600$ 万元。该公司设定的折现率为 10%。

资料四：该公司决定于 2008 年 1 月 1 日公开发行债券，面值 1000 万元，票面利率 10%，期限为 10 年，每年年末付息。公司确定的发行价为 1100 元，筹资费率 2%。假设该公司适用所得税税率为 25%。

相关的资金时间价值系数表如下：

$i=10\%$ $\quad t$	1	2	3	4	9	10
$(P/F,10\%,t)$	0.9091	0.8264	0.7513	0.6830	0.4241	0.3855
$(P/A,10\%,t)$	0.9091	1.7355	2.4869	3.1699	5.7590	6.1446

要求：

(1) 根据资料一计算 2007 年年末的产权比率和带息负债比率。

(2) 根据资料一、二、三计算：

　① 2007 年年末变动资产占营业收入的百分比；

　② 2007 年年末变动负债占营业收入的百分比；

　③ 2008 年需要增加的资金数额；

　④ 2008 年对外筹资数额。

(3) 根据资料三计算固定资产投资项目的净现值。

(4) 根据资料四计算 2008 年发行债券的资金成本。

2009 年《财务管理》全真模拟题（一）

客观试题部分

一、单项选择题（本类题共 25 题，每小题 1 分，共 25 分。每小题备选答案中，只有一个符合题意的正确答案。多选、错选、不选均不得分。）

1. 张某于 2008 年 7 月 1 日以 105 元的价格购买面值为 100 元，利率为 6%，单利计息，到期一次还本付息的 2004 年 1 月 1 日发行的 5 年期债券，则张某投资此债券到期的持有期年均收益率为（   ）。

    A. 30%   B. 10%

    C. 6%   D. 47.62%

2. 现有两个投资项目 A 和 B，已知 A、B 方案的期望值分别为 5%、10%，标准差分别为 10%、19%，那么（   ）。

    A. A 项目的风险程度大于 B 项目的风险程度

    B. A 项目的风险程度小于 B 项目的风险程度

    C. A 项目的风险程度等于 B 项目的风险程度

    D. A 和 B 两个项目的风险程度不能确定

3. 在财务管理中，将资金划分为变动资金与不变资金两部分，并据以预测企业未来资金需要量的方法称为（   ）。

    A. 定性预测法   B. 比率预测法

    C. 资金习性预测法   D. 成本习性预测法

4. 下列有关某特定投资组合 β 系数的表述错误的是（   ）。

    A. 当投资组合的 $\beta=1$ 时，表现该投资组合的风险为零

    B. 投资组合的 β 系数是所有单项资产 β 系数的加权平均数，权数为各种资产在投资组合中所占的比重

    C. 在已知投资组合风险收益率 $E(R_p)$、市场组合的平均收益率 R_m 和无风险收益率 R_F 的基础上，可以得出特定投资组合的 β 系数为：$\beta=E(R_p)/(R_m-R_F)$

    D. 在其他因素不变的情况下，风险收益率与投资组合的 β 系数成正比，β 系数越大，风险收益就越大；反之就越小

5. 如果投资组合由完全负相关的两只股票构成，投资比例相同，则（　　）。

　　A. 该组合的风险收益为零

　　B. 该组合的投资收益大于其中任何一只股票的收益

　　C. 该组合的投资收益标准差大于其中任何一只股票的收益标准差

　　D. 该组合的非系统性风险能完全抵消

6. 为方便起见，通常用（　　）近似地代替无风险收益率。

　　A. 短期国债利率　　　　　　　　B. 长期国债利率

　　C. 股票收益率　　　　　　　　　D. 银行贷款利率

7. 以企业价值最大化作为财务管理的目标，它具有的优点不包括（　　）。

　　A. 有利于社会资源的合理配置

　　B. 反映了对企业资产保值增值的要求

　　C. 即期上市公司股价可以直接揭示企业获利能力

　　D. 考虑了资金的时间价值和投资的风险价值

8. 有 A、B 两台设备可供选用，A 设备的年使用费比 B 设备低 2000 元，但价格高于 B 设备 8000 元。若资本成本为 10%，A 设备的使用期应长于（　　）年，选用 A 设备才是有利的。

　　A. 5.4　　　　　　　　　　　　B. 4.2

　　C. 4.8　　　　　　　　　　　　D. 3.7

9. 在下列指标的计算中，没有直接利用净现金流量的是（　　）。

　　A. 投资收益率　　　　　　　　　B. 净现值率

　　C. 获利指数　　　　　　　　　　D. 内部收益率

10. 某项目经营期为 5 年，预计投产第一年流动资产需用额为 40 万元，预计第一年流动负债可用额为 10 万元，预计投产第二年流动资产需用额为 60 万元，预计第二年流动负债可用额为 20 万元，预计以后每年的流动资产需用额均为 60 万元，流动负债可用额均为 20 万元，则该项目终结点一次回收的流动资金为（　　）万元。

　　A. 40　　　　　　　　　　　　　B. 30

　　C. 70　　　　　　　　　　　　　D. 150

11. 关于标准差与标准离差率，下列表述不正确的是（　　）。

　　A. 如果方案的期望值相同，标准差越大，风险越大

　　B. 在各方案期望值不同的情况下，应借助于标准离差率衡量方案的风险
　　　程度

　　C. 标准离差率就是方案的风险收益率

　　D. 标准离差率越大，方案的风险越大

12. 已知某完整工业投资项目的固定资产投资为 100 万元，无形资产投资为

20 万元，流动资金投资为 30 万元，建设期资本化利息为 10 万元。则下列有关该项目相关指标的表述中正确的是（　　）。

    A. 原始投资为 160 万元　　　　B. 建设投资为 130 万元

    C. 固定资产原值为 110 万元　　D. 项目总投资为 150 万元

13. 两种完全正相关的股票形成的证券组合（　　）。

    A. 可降低市场风险　　　　　　B. 可降低可分散风险和市场风险

    C. 不能抵消任何风险　　　　　D. 可降低所有可分散风险

14. 如果临时性流动负债只解决部分临时性流动资产的需要，其他则由自发性负债、长期负债和股东权益来解决的长、短期资金配合是（　　）组合策略。

    A. 平稳型　　　　　　　　　　B. 积极型

    C. 保守型　　　　　　　　　　D. 套头型

15. 对于财务关系的表述，下列不正确的是（　　）。

    A. 企业与政府间的财务关系体现为强制和无偿的分配关系

    B. 企业与职工之间的财务关系属于债务与债权关系

    C. 企业与债权人之间的财务关系属于债务与债权关系

    D. 企业与受资者的财务关系体现所有权性质的投资与受资的关系

16. 南海市大学决定建立科研奖金，现准备存入一笔资金，预计以后无限期地在每年年末支取利息 20000 元用来发放奖金。在存款年利率为 10% 的条件下，现在应存入（　　）元。

    A. 250000　　　　　　　　　　B. 200000 .

    C. 215000　　　　　　　　　　D. 16000

17. 华海公司拟进行一项投资，折现率为 12%，有甲、乙、丙、丁四个方案可供选择。甲方案的项目计算期为 10 年，净现值为 1000 万元；乙方案的净现值率为 −15%；丙方案的项目计算期为 10 年，年等额净回收额为 150 万元；丁方案的内部收益率为 10%。则最优的投资方案为（　　）。

    A. 甲方案　　　　　　　　　　B. 乙方案

    C. 丙方案　　　　　　　　　　D. 丁方案

18. 环海公司 2008 年 10 月生产甲产品 2000 件，实耗工时 9000 小时，实际工人工资 360000 元，该产品标准工资为每件 180 元，标准工时为每件 4 小时，则直接人工价格差异是（　　）元。

    A. 40000　　　　　　　　　　B. −40000

    C. 45000　　　　　　　　　　D. −45000

19. 主要依靠股利维持生活的股东和养老基金管理人最不赞成的公司股利政策是（　　）。

A. 固定股利政策   B. 固定股利支付率政策

C. 低正常股利加额外股利政策   D. 剩余股利政策

20. 华海公司投资额为 500 万元，企业加权平均的最低投资利润为 12%，剩余收益为 5 万元，则该公司的投资收益率为（   ）。

A. 12%   B. 13%

C. 15%   D. 20%

21. 下列关于资产负债率的表述不正确的是（   ）。

A. 资产负债率＝负债总额/资产总额×100%

B. 当资产负债率大于 100% 时，表明公司已经资不抵债，对于债权人来说风险非常大

C. 资产负债率反映企业资产对债权人权益的保障程度

D. 资产负债率越大，对债权人来说就越有利

22. 在确定最佳现金持有量的决策过程中不需要考虑的是（   ）。

A. 转换成本   B. 管理成本

C. 机会成本   D. 短缺成本

23. 某项目需要投资 3000 万元，其最佳资本结构为 60% 负债：40% 股权；其中股权资金成本为 12%，债务资金则分别来自利率为 8% 和 9% 的两笔银行贷款，分别占债务资金的 35% 和 65%，如果所得税率为 25%，该投资项目收益率至少大于（   ）时，方案才可以接受。

A. 18%   B. 8.69%

C. 5%   D. 10%

24. 其他条件不变的情况下，如果企业过度提高现金比率，可能导致的结果是（   ）。

A. 获利能力提高   B. 运营效率提高

C. 机会成本增加   D. 财务风险加大

25. 如果企业的资金来源全部为自有资金，且没有优先股存在，则企业的财务杠杆系数（   ）。

A. 等于 0   B. 等于 1

C. 大于 1   D. 小于 1

二、多项选择题（本类题共 10 题，每小题 2 分，共 20 分。每小题备选答案中，有两个或两个以上符合题意的正确答案。多选、少选、错选、不选均不得分。）

1. 相对于其他企业而言，股份有限公司的主要优点有（   ）。

A. 筹资方便   B. 承担有限责任

C. 权益容易转让   D. 收益重复纳税

2. 所有者通过经营者损害债权人利益的常见形式是（　　）。

    A. 未经债权人同意向银行借款

    B. 投资于比债权人预计风险要高的新项目

    C. 不尽力增加企业价值

    D. 未经债权人同意发行新债券

3. 以下关于内部收益率指标的描述中，说法正确的是（　　）。

    A. 如果方案的内部收益率大于其资金成本，该方案就为可行方案

    B. 如果几个方案的内部收益率均大于其资金成本，而各方案的原始投资额又不相等时，可以比较"投资额×（内部收益率－资金成本）"，择优选取

    C. 内部收益率指标非常重视时间价值，能够动态地反映投资项目的实际收益水平

    D. 当经营期大量追加投资时，计算结果缺乏实际意义

4. 计算加权平均资本成本可采用（　　）计算。

    A. 账面价值   B. 市场价值

    C. 目标价值   D. 结算价值

5. 在完整的工业投资项目中，经营期期末（终结点）发生的净现金流量包括（　　）。

    A. 回收固定资产余值   B. 原始投资

    C. 经营期末营业净现金流量   D. 回收流动资金

6. 期权投资可考虑的投资策略主要有（　　）。

    A. 买进看涨期权

    B. 买进看跌期权

    C. 买进看跌期权同时买入期权标的物

    D. 买进看涨期权同时卖出期权标的物

7. 应收账款转让筹资的主要优点有（　　）。

    A. 及时回笼资金   B. 筹资成本较低

    C. 提高资产流动性   D. 限制条件较少

8. 某项目从现在开始投资，2年内没有回报，从第3年开始每年年末获利额为10万元，获利年限为5年，则该项目利润的现值为（　　）。

    A. $10 \times (P/A, i, 5) \times (P/F, i, 2)$

    B. $10 \times [(P/A, i, 7) - 10 \times (P/A, i, 2)]$

    C. $10 \times [(P/A, i, 7) - 10 \times (P/A, i, 3)]$

    D. $10 \times (P/A, i, 5) \times (P/F, i, 3)$

9. 淮海公司准备进行一个项目的投资，在评价是否可行时，以下属于列入现金流量的是（　　）。

    A. 项目投产后新产品可以使企业现在的产品受到一定程度的冲击，使收益减少 100 万元

    B. 该项目以前年度曾想进行投资，发生可行性分析费用 10 万元

    C. 在设备安装时可应用现在生产产品的原材料 20 万元

    D. 该项目可以利用企业现有的闲置的一套设备，市场价 100 万元，本套设备按公司的规定不能对外出售

10. 下列关于资产组合投资说法正确的有（　　）。

    A. 组合资产间的相关系数越小，分散风险的效果越好

    B. 资产组合投资既可以消除非系统风险，也可以消除系统风险

    C. 为了达到完全消除非系统风险的目的，应最大限度增加资产数目

    D. 两项资产组合投资的预期收益是各项资产预期收益的加权平均

三、判断题（本类题共 10 题，每小题 1 分，共 10 分。每小题判断结果正确的得 1 分，判断结果错误的扣 0.5 分，不判断的不得分也不扣分。本类题最低得分为零分。）

1. 被少数股东所控制的企业，为了保证少数股东的绝对控制权，一般倾向于采用优先股或负债方式筹集资金，而尽量避免普通股筹资。　　（　）

2. 次级市场也称为二级市场或流通市场，它是现有金融资产的交易所，可以理解为"旧货市场"。　　（　）

3. 某公司发行认股权证筹资，规定每张认股权证可按 7 元/股认购 2 股普通股票，若公司当前的普通股市价为 8.5 元，则公司发行的每张认股权证的理论价值为 1.5 元。　　（　）

4. 已知某投资项目的项目计算期为 5 年，资金于建设起点一次投入，当年完工并投产，投产每年净现金流量相等，预计该项目包括建设期的静态投资回收期为 1.6 年，则按内部收益率确定的年金现值系数是 3.4。　　（　）

5. 在编制弹性预算时，可将业务量水平定在正常生产能力的 70%～110%，或以历史最高业务量与历史最低业务量作为预算编制业务量的上下限。　　（　）

6. 风险收益就是投资者因冒风险进行投资而实际获得的超过资金时间价值的那部分额外收益。　　（　）

7. 接受风险包括风险自担和风险自保两种。风险自担，是指企业预留一笔风险金或随着生产经营的进行，有计划地计提资产减值准备等。风险自保，是指损失发生时，直接将损失摊入成本费用，或冲减利润。　　（　）

8. 附权优先认股权的价值与新股认购价的大小成反向变化。　　（　）

9. 一般而言，企业存货需要量与企业生产及销售的规模成正比，与存货周转一次所需天数成反比。　　（　）

10. 用插入函数法计算的某投资项目净现值为 85 万元，该项目期望收益率为 12%，则该方案调整后净现值为 92.5 万元。 （ ）

■■■ 主观试题部分 ■■■

四、计算分析题（本类题共 4 题，每小题 5 分，共 20 分。凡要求计算的项目，均须列出计算过程；计算结果有计量单位的，应予标明，标明的计量单位应与题中所给计量单位相同；计算结果出现小数的，除特殊要求外，均保留小数点后两位小数。凡要求解释、分析、说明理由的内容，必须有相应的文字阐述。）

1. 北方公司拟投资甲、乙两个投资项目，其有关资料如下：

项　　目	甲	乙
收益率	10%	18%
标准差	12%	20%
投资比例	0.8	0.2
A 和 B 的相关系数	0.2	

要求：
（1）计算投资于甲和乙的组合预期收益率；
（2）计算投资于甲和乙的组合收益率的方差（百分位保留四位小数）；
（3）计算投资于甲和乙的组合收益率的标准差（百分位保留两位小数）；
（4）若资本资产定价模型成立，市场平均收益率为 10%，无风险收益率为 4%，计算甲和乙组成投资组合的 β 系数。

2. 广发公司预计的年度赊销收入为 8000 万元，其变动成本率为 65%，资金成本率为 8%，目前的信用条件为 $n/60$，信用成本为 500 万元。公司准备改变信用政策，改变后的信用条件是（2/10，1/20，$n/60$），预计信用政策改变不会影响赊销规模，改变后预计收账费用为 70 万元，坏账损失率为 4%。预计占赊销额 70% 的客户会利用 2% 的现金折扣，占赊销额 10% 的客户利用 1% 的现金折扣。一年按 360 天计算。

要求：计算以下各项数据：
（1）改变信用政策后的：
　　① 年赊销净额；
　　② 信用成本前收益；

③ 平均收账期；

④ 应收账款平均余额；

⑤ 维持赊销业务所需要的资金；

⑥ 应收账款机会成本；

⑦ 信用成本后收益。

（2）通过计算判断应否改变信用政策。

3. 已知东方公司 2008 年销售收入为 6000 万元，销售净利润率为 10%，净利润的 30% 分配给投资者。2008 年 12 月 31 日的资产负债表（简表）如下：

资　产	期末余额/万元	负责及所有者权益	期末余额/万元
货币资金	100	应付账款	320
应收账款净额	400	应付票据	160
存货	800	长期借款	620
固定资产净值	1000	实收资本	1000
无形资产	200	留存收益	400
资产总计	2500	负责及所有者权益总计	2500

该公司 2009 年计划销售收入比上年增长 20%，为实现这一目标，公司需新增设备一台，价值 388 万元。据历年财务数据分析，公司流动资产与流动负债随销售额同比率增减。公司如需对外筹资，可发行面值为 1000 元，票面年利率为 8%，期限为 5 年，每年年末付息的公司债券解决。

假定该公司 2009 年的销售净利率和利润分配政策与上年保持一致，公司债券的发行费用率为 2%，发行债券时市场利率为 6%，企业所得税税率为 25%。

要求：

（1）计算 2009 年公司需增加的营运资金。

（2）预测 2009 年需要对外筹集的资金量。

（3）计算该债券的发行价格和资金成本。

4. 华夏公司 2008 年有关资料如下：总资产 3500 万元，资产负债率 65%，公司现有普通股 600 万股，负债全部为长期债务，利率为 9%。营业收入 4200 万元，净利润 336 万元，分配现金股利 134.4 万元。适用所得税税率为 25%。

要求：

（1）计算公司的销售净利润率、资产周转率、权益乘数指标；

（2）利用杜邦分析体系计算净资产收益率；

（3）计算财务杠杆系数；

（4）计算每股净资产，并假设 2009 年销售净利润率、资产周转率、资产负债率和每股净资产均比 2008 年增长 10%，用因素分析法确定每股收益的变化。（中间过程保留小数点后 3 位，最终结果保留小数点后 2 位）

五、综合题（本类题共 2 题，第 1 小题 15 分，第 2 小题 10 分，共 25 分。凡要求计算的项目，均须列出计算过程；计算结果有计量单位的，应予标明，标明的计量单位应与题中所给计量单位相同；计算结果出现小数的，除特殊要求外，均保留小数点后两位小数。凡要求解释、分析、说明理由的内容，必须有相应的文字阐述。）

1. 为提高生产效率，南方公司拟对一套尚可使用 5 年的设备进行更新改造，新旧设备的替换将在当年内完成（即更新设备的建设期为 0），不涉及增加流动资金投资，采用直线法计提设备折旧，适用的企业所得税税率为 25%。相关资料如下：

资料一：已知旧设备的原始价值为 30 万元，截止当前的累计折旧为 15 万元，对外转让可获变价收入 16 万元，预计发生清理费用 1 万元（用现金支付）。如果继续使用该旧设备，到第五年末的预计净残值为 9000 元。

资料二：该更新改造项目实施方案的资料如下：购置一套价值 65 万元的 A 设备替换旧设备，该设备预计到第五年末回收的净残值为 5 万元。使用 A 设备可使企业第一年增加经营收入 11 万元，增加经营成本 2 万元，在第 2～4 年内每年增加营业利润 10 万元；第五年增加经营净现金流量 11.4 万元；使用 A 设备比使用旧设备每年增加折旧 8 万元。经计算得到该方案的以下数据：按照 14% 折现率计算的差量净现值为 14940.44 元，按 16% 计算的差量净现值为 −7839.03 元。

资料三：已知当前企业投资的风险报酬率为 4%，无风险报酬率为 8%。有关的资金时间价值系数如下：

项　目	$(F/A,i,5)$	$(P/A,i,5)$	$(F/P,i,5)$	$(P/F,i,5)$
10%	6.1051	3.7908	1.6105	0.6209
12%	6.3529	3.6048	1.7623	6.5674
14%	6.6101	3.4331	1.9254	0.5194
16%	6.8771	3.2773	2.1003	0.4761

要求：

（1）根据资料一计算与旧设备有关的下列指标：

　　① 当前旧设备折余价值；

　　② 当前旧设备变价净收入。

（2）根据资料二的有关资料和其他数据计算：

　　① 更新设备比继续使用旧设备增加的投资额；

　　② 经营期第 1 年总成本的变动额；

　　③ 经营期第 1 年营业利润的变动额；

　　④ 经营期第 1 年因更新改造而增加的净利润；

　　⑤ 经营期 2～4 年每年因更新改造而增加的净利润；

　　⑥ 第 5 年回收新固定资产净残值超过假定继续使用旧固定资产净残值之差额；

　　⑦ 按简化公式计算的甲方案的增量净现金流量（ΔNCF_t）。

（3）根据资料三计算企业期望的投资收益率。

2. 南方公司计划进行一项投资活动，有 A、B 两个备选的互斥投资方案，资料如下：

（1）A 方案原始投资 160 万元，其中固定资产投资 105 万元，流动资金 55 万元，全部资金于建设起点一次投入，没有建设期，经营期为 5 年，到期残值收入 5 万元，预计投产后年营业收入（不含增值税）90 万元，年总成本（不含利息）60 万元。

（2）B 方案原始投资额 200 万元，其中固定资产投资 120 万元，流动资金投资 80 万元。建设期 2 年，经营期 5 年，建设期资本化利息 10 万元，流动资金于建设期结束时投入，固定资产残值收入 8 万元，投产后，年收入（不含增值税）170 万元，经营成本 70 万元/年，营业税金及附加 10 万元/年。

固定资产按直线法折旧，全部流动资金于终结点收回。该企业为免税企业，可以免交所得税。

要求：

（1）说明 A、B 方案资金投入的方式；

（2）计算 A、B 方案各年的净现金流量；

（3）计算 A、B 方案包括建设期的静态投资回收期；

（4）计算 A、B 方案的投资收益率；

（5）该企业所在行业的基准折现率为 10%，计算 A、B 方案的净现值；

（6）计算 A、B 两方案的年等额净回收额，并比较两方案的优劣；

（7）利用方案重复法比较两方案的优劣；

（8）利用最短计算期法比较两方案的优劣。

相关的现值系数如下：

(P/A,10%,4)	3.1699	(P/F,10%,5)	0.6209
(P/A,10%,6)	4.3553	(P/F,10%,7)	0.5132
(P/A,10%,2)	1.7355	(P/F,10%,2)	0.8264
(P/A,10%,5)	3.7908	(P/F,10%,10)	0.3855
(P/A,10%,7)	4.8684	(P/F,10%,15)	0.2394
(P/F,10%,20)	0.1486	(P/F,10%,25)	0.0923
(P/F,10%,30)	0.0573	(P/F,10%,14)	0.2633
(P/F,10%,21)	0.1351	(P/F,10%,28)	0.0693

2009 年《财务管理》全真模拟题（二）

客观试题部分

一、单项选择题（本类题共 25 题，每小题 1 分，共 25 分。每小题备选答案中，只有一个符合题意的正确答案。多选、错选、不选均不得分。）

1. 在允许缺货的情况下，经济进货批量应使（　　）。

A. 进货费用等于储存成本

B. 进货费用、储存成本与短缺成本之和最小

C. 进货成本等于储存成本与短缺成本之和

D. 进货成本与储存成本之和最小

2. 作为企业财务管理目标，每股收益最大化目标较之利润最大化目标的优点在于（　　）。

A. 考虑了风险价值因素

B. 反映了创造利润与投入资本之间的关系

C. 能够避免企业的短期行为

D. 考虑了资金时间价值因素

3. 光华公司现金收支状况比较稳定，全年的现金需要量为 600 万元，每次转换有价证券的固定成本为 100 元，有价证券的年利率为 12％。其年转换成本是（　　）元。

A. 6000　　　　　　　　　　　B. 8000

C. 9000　　　　　　　　　　　D. 10000

4. 下列投资项目评价指标中，不受建设期长短、投资回收时间先后及现金流量大小影响的是（　　）。

A. 净现值　　　　　　　　　　B. 内含收益率

C. 静态投资回收期　　　　　　D. 投资收益率

5. 假设建海公司有 100 万股流通在外的普通股，除权发行 50 万股新股，每股认购价格为 10 元，该股票股权登记日后的每股市价为 20 元，则该除权优先认股权的价值为（　　）元。

A. 5　　　　　　　　　　　　　B. 6

C. 7　　　　　　　　　　　　　D. 8

6. 北方公司有一项投资方案原始投资额为 50 万元，资本化利息为 5 万元，建设期为 1 年，经营期每年现金净流量为 20 万元，则不包括建设期的投资回收期是（　　）年。

    A. 2.5 　　　　　　　　　　　　B. 3.5

    C. 5.5 　　　　　　　　　　　　D. 7.5

7. 建海公司有一项投资的 β 系数为 0.5，现在国库券的收益率为 10%，资本市场风险收益率为 18%，则该项投资的收益率是（　　）。

    A. 8.4% 　　　　　　　　　　　B. 12%

    C. 14% 　　　　　　　　　　　　D. 18%

8. 东方保险公司的推销员每月固定工资 800 元，在此基础上，推销员还可按推销保险金额的 0.1% 领取奖金，那么推销员的工资费用属于（　　）。

    A. 半变动成本 　　　　　　　　　B. 变动成本

    C. 固定成本 　　　　　　　　　　D. 半固定成本

9. 已知 $(F/A, 10\%, 5) = 6.1051$，$(F/A, 10\%, 7) = 9.4872$，则 6 年期、利率为 10% 的即付年金终值系数为（　　）。

    A. 7.1051 　　　　　　　　　　　B. 5.1051

    C. 8.4872 　　　　　　　　　　　D. 10.4872

10. 下列不属于财务管理环节的是（　　）。

    A. 财务预算 　　　　　　　　　　B. 财务分析、业绩评价与激励

    C. 财务决策 　　　　　　　　　　D. 财务报告

11. 零基预算主要应用于（　　）。

    A. 现金预算 　　　　　　　　　　B. 费用预算

    C. 销售预算 　　　　　　　　　　D. 生产预算

12. 在资本资产定价模型 $R_P = R_F + \beta i (R_M - R_F)$ 中，R_M 是（　　）。

    A. 第 i 资产必要收益率 　　　　　B. 第 i 风险收益率

    C. 市场组合平均收益率 　　　　　D. 市场组合风险收益率

13. 下列各项中，属于应收账款机会成本的是（　　）。

    A. 应收账款占用资金的应计利息 　B. 客户资信调查费用

    C. 坏账损失 　　　　　　　　　　D. 收账费用

14. 已知华夏公司的一项资产收益率与市场组合收益率之间的相关系数为 0.6，该项资产收益率的标准差为 10%，市场组合收益率的方差为 0.36%，则可以计算该项资产的 β 系数为（　　）。

    A. 1 　　　　　　　　　　　　　B. 12

    C. 8 　　　　　　　　　　　　　D. 2

15. 张某分期购买一套住房，每年年末支付 5 万元，分 10 次付清，假设年

利率为 2%，则该项分期付款相当于现在一次性支付（　　）元。已知（P/A，2%，10）=8.9826。

  A. 400000   B. 449130

  C. 43295   D. 55265

16. 下列各项中可以判断项目基本具备财务可行性的是（　　）。

  A. NPV>0，PP<n/2，PP′<P/2，ROI>i

  B. NPV>0，PP>n/2，PP′>P/2，ROI<i

  C. NPV<0，PP>n/2，PP′>P/2，ROI<i

  D. NPV<0，PP<n/2，PP′<P/2，ROI<i

17. 如果方案 A 的投资收益率的期望值为 18%，方案 B 的投资收益率的期望值为 21%。比较 A、B 两方案风险大小应采用的指标是（　　）。

  A. 速动比率   B. 流动比率

  C. 标准差   D. 标准离差率

18. 假定永丰公司某一项目的原始投资在建设期初全部投入，其预计的净现值率为 13%，则该项目的获利指数是（　　）。

  A. 6.67   B. 1.13

  C. 1.5   D. 1.125

19. 公募证券与私募证券的分类标准是（　　）。

  A. 证券体现的权益关系 B. 证券收益的决定因素

  C. 证券募集方式   D. 证券发行主体

20. 在确定最佳现金持有量时，成本分析模式和存货模式均需考虑的因素是（　　）。

  A. 固定性转换成本   B. 现金短缺成本

  C. 现金保管费用   D. 持有现金的机会成本

21. 上市公司按照剩余政策发放股利的好处是（　　）。

  A. 有利于公司保持最佳资本结构

  B. 有利用投资者安排收入与支出

  C. 有利于公司稳定股票的市场价格

  D. 有利于公司树立良好的形象

22. 在杜邦分析体系中，假设其他情况不变，下列关于权益乘数的说法中不正确的是（　　）。

  A. 权益乘数大则总资产报酬率大 B. 权益乘数大则财务杠杆作用大

  C. 权益乘数大则权益净利率大 D. 权益乘数等于资产权益率的倒数

23. 环海公司的一个投资项目的原始投资额为 150 万元，建设期资本化利息为 5 万元，运营期年均税前利润为 8 万元，年均利息费用为 2 万元，则该项目的投资收益率为（　　）。

A. 6.45％ B. 10％

C. 15％ D. 5％

24. 下列说法中错误的是（　　）。

A. 资金的时间价值相当于没有风险条件下的社会平均资金利润率

B. 利率＝时间价值＋通货膨胀补偿率＋风险收益率

C. 在通货膨胀率很低的情况下，可以用政府债券利率来表示时间价值

D. 如果银行存款利率为 10％，则今天存入银行的 1 元钱，一年以后的价值是 1.10 元

25. 下列股利政策中，容易受到企业和股东共同青睐的股利政策是（　　）。

A. 低正常股利加额外股利 B. 固定或持续增长股利

C. 固定股利支付率 D. 剩余股利政策

二、多项选择题（本类题共 10 题，每小题 2 分，共 20 分。每小题备选答案中，有两个或两个以上符合题意的正确答案。多选、少选、错选、不选均不得分。）

1. 关于递延年金的说法不正确的是（　　）。

A. 其现值计算与普通年金原理相同

B. 其终值计算与普通年金原理相同

C. 最初若干期没有收付款项

D. 递延期越长，递延年金现值越大

2. 下列指标中，能反映资产运营能力的有（　　）。

A. 流动资产周转率 B. 固定资产周转率

C. 总资产周转率 D. 销售利润率

3. 从预防动机的角度看，企业持有现金余额主要取决于（　　）。

A. 企业临时举债能力的强弱 B. 企业对现金流量预测的可靠程度

C. 企业愿意承担风险的程度 D. 企业的销售水平

4. 以下关于内部收益率指标的描述中，说法正确的是（　　）。

A. 如果两个项目原始投资不相同，应该使用差额内部收益率法比较项目的优劣，评价时当差额内部收益率指标大于或等于基准折现率或设定折现率时，投资少的方案为优

B. 内部收益率指标非常重视资金时间价值，能够动态地反映投资项目的实际收益水平

C. 当经营期大量追加投资时，计算结果缺乏实际意义

D. 如果方案的内部收益率大于其资金成本，该方案就为可行方案

5. 下列表述正确的有（ ）。

    A. 风险是事件本身的不确定性，也就是指可能发生的损失

    B. 递延年金终值的大小，与递延期无关，故计算方法和普通年金终值相同

    C. 投资项目的报酬率呈正态分布，其期望值为15％，标准差为3.87％，则该项目肯定盈利，不会出现亏损

    D. 预付年金终值系数与普通年金终值系数相比，期数加1，而系数减1

6. 在下列项目中，同复合杠杆系数成正方向变动的有（ ）。

    A. 财务杠杆系数   B. 每股利润变动率

    C. 经营杠杆系数   D. 产销量变动率

7. 应收账款转让筹资的缺点有（ ）。

    A. 资产流动性差   B. 限制条件较多

    C. 回笼资金慢   D. 筹资成本较高

8. 可以防止公司被敌意并购的做法有（ ）。

    A. 发放股票股利   B. 支付现金红利

    C. 股票分割   D. 股票回购

9. 为确定经营期现金净流量必须估算构成固定资产原值的资本化利息，影响资本化利息计算的因素有（ ）。

    A. 建设期年数   B. 单利计算方法

    C. 长期借款本金   D. 借款利息率

10. 荣发公司有一项年金，前2年无流入，后5年每年年末流入500万元，假设年利率为10％，其现值计算正确的为（ ）万元。

    A. $500 \times (P/A,10\%,7) - 500 \times (P/A,10\%,2)$

    B. $500 \times (P/A,10\%,5) \times (P/F,10\%,2)$

    C. $500 \times (F/A,10\%,5) \times (P/F,10\%,7)$

    D. $500 \times (P/A,10\%,5) \times (P/F,10\%,1)$

三、判断题（本类题共10题，每小题1分，共10分。每小题判断结果正确的得1分，判断结果错误的扣0.5分，不判断的不得分也不扣分。本类题最低得分为零分。）

1. 在除息日之前，股权权从属于股票；从除息日开始，新购入股票的人不能分享本次已宣告发放的股利。 （ ）

2. 引起个别投资中心的投资利润率提高的投资，一定会使整个企业的剩余收益增加。 （ ）

3. 当预计的息税前利润大于每股利润无差别点的息税前利润时，采用负债

筹资会提高普通股每股利润，但会增加企业的财务风险。 （ ）

4. 构成投资组合的证券甲和证券乙，其标准差分别为 12% 和 8%。在等比例投资的情况下，如果两种证券的相关系数为 1，该组合的标准差为 10%；如果两种证券的相关系数为 -1，则该组合的标准差为 2%。 （ ）

5. 2008 年 1 月，建海公司对外发行的普通股股数是 1000 万股，公司 1 月 10 日宣布了它将通过优先认股权发行的方式发行 100 万新普通股，配股的销售价为 20 元/股，若股票的市价为 25 元，则股权登记日前附权优先认股权的价值为 0.45 元。 （ ）

6. 华夏公司的一项目投资为建设起点一次投入，若利用 Excel 采用插入函数法所计算的方案净现值为 100 万元，企业要求的最低报酬率为 10%，则方案本身的净现值为 110 万元。 （ ）

7. 相关系数为 -0.6 的两种资产组成的投资组合比相关系数为 -0.3 的两种资产组成的投资组合分散投资风险的效果更大。 （ ）

8. 永续预算能够使预算期间与会计年度相配合，便于考核预算执行的结果。 （ ）

9. 在固定资产更新改造决策中，因提前报废固定资产发生的净损失应计入处置年度的息税前利润，抵减当年所得税，增加当年现金净流量。 （ ）

10. 在作业成本法下，只将间接费用视为产品消耗作业而付出的代价，并对企业间接费用采用相同标准进行分配。 （ ）

主观试题部分

四、计算分析题（本类题共 4 题，每小题 5 分，共 20 分。凡要求计算的项目，均须列出计算过程；计算结果有计量单位的，应予标明，标明的计量单位应与题中所给计量单位相同；计算结果出现小数的，除特殊要求外，均保留小数点后两位小数。凡要求解释、分析、说明理由的内容，必须有相应的文字阐述。）

1. 华丰公司预测的 2008 年度赊销收入为 5000 万元，信用条件为 (n/30)，变动成本率为 60%，资金成本率为 8%，该公司为扩大销售，现有两个方案供选择。

A 方案：信用条件为 (n/60)，预计坏账损失率为 5%，收账费用为 60 万元。该方案使销售收入增长 20%。

B 方案：信用条件为 (2/10，1/20，n/60)，估计有 50% 的客户（按赊销额计算）会利用 2% 的现金折扣，20% 的客户会利用 1% 的现金折扣，坏账损失率为 3%，收账费用为 50 万元。该方案使销售收入增长 25%。

要求：对 A、B 两方案进行决策。

2. 华夏公司拟建造一项生产设备。预计建设期为 1 年，所需原始投资 200 万元于建设起点一次投入。该设备预计使用寿命为 5 年，使用期满报废清理时无残值。该设备折旧方法采用直线法。该设备投产后每年增加息税前利润 60 万元，项目的基准投资收益率为 15%。该企业为免税企业。

要求：
(1) 计算项目计算期内各年净现金流量。
(2) 计算该项目的静态投资回收期。
(3) 计算该项目的投资收益率（ROI）。
(4) 假定适用的行业基准折现率为 10%，计算项目净现值。
(5) 计算项目净现值率。
(6) 评价其财务可行性。

3. 环宇公司计划用新设备替换现有的旧设备，旧设备预计尚可使用 6 年，旧设备账面价值为 8 万元，目前变价净收入为 4 万元。新设备投资额为 12 万元，预计使用 6 年。至第 6 年年末，新设备的预计残值为 1.2 万元，旧设备的预计残值为 0.4 万元。预计使用新设备可使企业在第 1 年增加营业收入 4 万元，第 2～5 年每年增加营业收入 3 万元，第 6 年增加营业收入 3.2 万元，使用新设备可使企业每年降低经营成本 1.6 万元，无建设期。该企业按直线法计提折旧，所得税税率为 25%。

要求：
(1) 计算使用新设备比继续使用旧设备增加的投资额；
(2) 计算因旧设备提前报废发生的处理固定资产净损失抵税额；
(3) 计算使用新设备比使用旧设备每年增加的折旧额；
(4) 计算使用新设备比使用旧设备每年增加的营运成本；
(5) 计算使用新设备比使用旧设备每年增加的息前税后利润；
(6) 计算使用新设备比使用旧设备每年增加的净现金流量。

4. 华丰公司拟进行证券投资，期望投资报酬率为 12%，备选方案的资料如下：

(1) 购买环海公司债券，环海公司发行债券的面值为 100 元，票面利率 8%，期限 10 年，筹资费率 3%，每年付息一次，到期归还面值，所得税税率

25%。当前的市场利率为10%，华丰公司须按环海公司发行价格购买。

（2）购买平安公司股票，平安公司股票现行市价为每股14元，今年每股股利为0.9元，预计以后每年以6%的增长率增长。

（3）购买长丰公司股票，长丰公司股票现行市价为每股13元，今年每股股利为1.5元，股利分配政策将一贯坚持固定股利支付政策。

要求：

（1）计算环海公司债券的发行价格及债券资本成本。

（2）计算购买环海公司债券的到期收益率。

（3）计算环海公司债券、平安公司股票和长丰公司股票的内在价值，并为华丰公司作出最优投资决策。

五、综合题（本类题共2题，第1小题15分，第2小题10分，共25分。凡要求计算的项目，均须列出计算过程；计算结果有计量单位的，应予标明，标明的计量单位应与题中所给计量单位相同；计算结果出现小数的，除特殊要求外，均保留小数点后两位小数。凡要求解释、分析、说明理由的内容，必须有相应的文字阐述。）

1. 某上市公司现有资金1000万元，其中，普通股股本350万元，长期借款600万元，留存收益50万元。普通股成本为12%，长期借款年利率为8%。该上市公司股票的β系数是2。目前整个股票市场平均收益率为10%，无风险报酬率为6%。公司适用的所得税税率为25%。

该公司拟通过再筹资发展甲投资项目。有关资料如下：

（1）甲项目投资额为300万元，经过逐次测试，得到以下数据：当设定折现率为14%和16%时，甲项目的净现值分别为6.5万元和-3.5万元。

（2）甲项目所需资金有A、B两个筹资方案可供选择。A方案：发行票面年利率为11%、期限为3年的公司债券。B方案：增发普通股，股东要求每年股利增长2.1%。

（3）假定该公司筹资过程中发生的筹资费可忽略不计，长期借款和公司债券均为年末付息，到期还本。

要求：

（1）计算该公司股票的必要收益率。

（2）计算甲项目的内部收益率。

（3）以该公司股票的必要收益率为标准，判断甲项目是否应当投资。

（4）分别计算甲项目A、B两个筹资方案的资金成本。

（5）根据甲项目的内部收益率和筹资方案的资金成本，对A、B两方案的经济合理性进行分析，并选择最优筹资方案。

（6）计算按最优方案再筹资后公司的综合资金成本。

2. 华海公司有一投资项目，建设期为 2 年，运营期为 5 年。固定资产的原始投资为 200 万元，在建设期初投入 180 万元，在建设期的第 2 年年初投入其余的 20 万元。同时，在建设期末投入无形资产 20 万元，在运营期初垫付流动资金 50 万元，建设期的资本化利息为 10 万元。固定资产按直线法计提折旧，预计期满残值回收 2 万元。无形资产自项目投产后按 5 年摊销。项目投产后，运营期每年的销售量为 1 万件，销售单价为 190 元，单位变动成本 60 元，每年固定性付现成本 25 万元。该企业适用的所得税税率为 25%，要求的最低投资报酬率为 10%。

要求：根据上述条件计算：

（1）项目计算期；

（2）项目原始投资额、投资总额和固定资产原值；

（3）项目的回收额；

（4）运营期每年的经营成本和营运成本；

（5）运营期每年的息税前利润和息前税后利润；

（6）项目各年的现金净流量；

（7）项目不包括建设期的静态投资回收期；

（8）项目的净现值。

2009 年《财务管理》全真模拟题（三）

客观试题部分

一、单项选择题（本类题共 25 题，每小题 1 分，共 25 分。每小题备选答案中，只有一个符合题意的正确答案。多选、错选、不选均不得分。）

1. 根据财务管理的规定，企业从银行借入短期借款，不会导致实际利率高于名义利率的利息支付方式是（　　）。

    A. 分期等额偿还本利和的方法　　B. 年内多次支付利息法

    C. 贴现法　　D. 收款法

2. 下列各项中不属于存货经济进货批量基本模式假设条件的是（　　）。

    A. 一定时期的进货总量可以准确地予以预测

    B. 存货的耗用是均衡的

    C. 仓储条件不受限制

    D. 可能出现缺货的情况

3. 广泛被运用于具体的标准成本的制定过程中的是（　　）。

    A. 历史平均成本　　B. 基本标准成本

    C. 正常标准成本　　D. 理想标准成本

4. 当自行设定一个折现率 i_c 对一个项目进行折现时，下列各项有关净现值、现值指数和内部收益率之间的关系不正确的是（　　）。

    A. 当 NPV>0 时，PI>1，IRR>i_c

    B. 当 NPV=0 时，PI=1，IRR=i_c

    C. 当 NPV<0 时，PI<1，IRR<i_c

    D. 当 NPV>0 时，PI<1，IRR<i_c

5. 下列各项中，（　　）可能导致企业资产负债率发生变化。

    A. 用银行存款购买机械设备　　B. 接受所有者投资转入的固定资产

    C. 用应收账款转让筹资　　D. 用固定资产抵债（按账面价值作价）

6. 相对于每股收益最大化目标而言，企业价值最大化目标的不足之处是（　　）。

    A. 没有考虑资金的时间价值　　B. 没有考虑投资的风险价值

C. 不能反映企业潜在的获利能力　D. 不能直接反映企业当前的获利水平

7. 荣丰公司 2007 年初购买了一支股票，该股票为固定成长股，成长率为 3%，预期第一年后的股利为 4 元，假定目前国库券利率为 13%，平均风险股票必要的收益率为 18%，股票的 β 系数为 1.2，则股票的价值为（　　）元。

    A. 25　　　　　　　　　　　　B. 20

    C. 19　　　　　　　　　　　　D. 30

8. 环海公司资本总额为 300 万元，自有资本占 50%，负债利率为 10%，当前销售额为 200 万元，息税前利润为 60 万元，则财务杠杆系数为（　　）。

    A. 1.33　　　　　　　　　　　B. 3

    C. 1.5　　　　　　　　　　　　D. 4.5

9. 华夏公司发行面值为 1000 元的债券，票面利率为 12%，5 年期，每年付息一次。债券以 1050 元溢价发行，发行费率为 5%，所得税税率为 25%，则该债券的资金成本为（　　）元。

    A. 0.07　　　　　　　　　　　B. 0.08

    C. 0.09　　　　　　　　　　　D. 0.10

10. 利用"成本分析模型"和"存货模型"确定最佳现金持有量时均需要考虑的相关成本为（　　）。

    A. 短缺成本　　　　　　　　　B. 转换成本

    C. 机会成本　　　　　　　　　D. 管理成本

11. 进行可转换债券投资时，较好的投资时机不包括（　　）。

    A. 新的经济增长周期启动时　　B. 利率下调时

    C. 行业景气下降时　　　　　　D. 转股价调整时

12. 下列项目不属于内部控制基本要素中内部环境的有（　　）。

    A. 内部审计机制

    B. 企业文化

    C. 人力资源政策

    D. 信息的收集机制及在企业内部和与企业外部有关方面的沟通机制

13. 下列各项中，能够正确反映现金余缺与其他有关因素关系的计算公式是（　　）。

    A. 现金余缺＋期末现金余额＝借款＋增发股票债券－归还借款本金利息
       －购买有价证券

    B. 现金余缺－期末现金余额＝归还借款本金和利息＋购买有价证券－借
       款－增发股票债券

    C. 期初现金余额＋本期经营现金收入－本期经营现金支出＝现金余缺

D. 期初现金余额－本期经营现金收入＋本期经营现金支出＝现金余缺

14. 华夏公司计划 2009 年初进行一项投资，该投资的风险价值系数为 12%，标准离差率为 30%，若无风险收益率为 6%，则该投资项目的风险收益率应为（　　）。

    A. 3.6%　　　　　　　　　　　B. 6%

    C. 30%　　　　　　　　　　　D. 12%

15. 下列关于风险偏好的说法中不正确的是（　　）。

    A. 当预期收益率相同时，风险追求者会偏好于具有高风险的资产

    B. 对于同样风险的资产，风险回避者会钟情于具有高预期收益的资产

    C. 如果风险不同，则风险中立者要权衡风险和收益的关系

    D. 当预期收益率相同时，风险回避者偏好于具有低风险的资产

16. 假定某项目的原始投资在建设期初全部投入，其预计的净现值率为 15%，则该项目的获利指数是（　　）。

    A. 15　　　　　　　　　　　　B. 1.5

    C. 1.15　　　　　　　　　　　D. 1.25

17. 东方公司的钢材年需要量为 3600 件，每次进货费用 30 元，单位储存成本 6 元，单位缺货成本 10 元。则平均缺货量是（　　）件。

    A. 90　　　　　　　　　　　　B. 100

    C. 240　　　　　　　　　　　D. 360

18. 按照资本资产定价模型，在下列各项中，影响特定股票必要收益率的因素不包括（　　）。

    A. 无风险收益率　　　　　　　B. 平均风险股票的必要收益率

    C. 特定股票的 β 系数　　　　　D. 股票的财务风险

19. 下列说法不正确的是（　　）。

    A. 普通年金终值系数和偿债基金系数互为倒数

    B. 复利终值系数和复利现值系数互为倒数

    C. 普通年金终值系数和普通年金现值系数互为倒数

    D. 普通年金现值系数和资本回收系数互为倒数

20. 关于 β 系数，下列说法不正确的是（　　）。

    A. 单项资产的 β 系数可以反映单项资产收益率与市场上全部资产的平均收益率之间的变动关系

    B. 某项资产的 β 系数＝该项资产的风险收益率/市场组合的风险收益率

    C. 某项资产的 β 系数＝该项资产收益率与市场组合收益率的协方差/市场组合收益率的方差

    D. 当 β 系数为 0 时，表明该资产没有风险

21. 采用 ABC 法对存货进行控制时，应当重点控制的是（　　）。

    A. 数量较多的存货　　　　　　　　B. 占用资金较多的存货

    C. 品种较多的存货　　　　　　　　D. 库存时间较长的存货

22. 下列不属于普通股评价模型的局限性的是（　　）。

    A. 未来经济利益流入量的现值是决定股票价值的唯一因素

    B. 模型对未来期间股利流入量预测数的依赖性很强，而这些数据很难准确预测

    C. 股利固定模型、股利固定增长模型的计算结果受 D_0 或 D_1 的影响很大，而这两个数据可能具有人为性、短期性和偶然性，模型放大了这些不可靠因素的影响力

    D. 折现率的选择有较大的主观随意性

23. 建海公司的一项投资项目的固定资产投资是 1500 万元，使用寿命 10 年，直线法计提折旧，不考虑残值。预期年营业收入 800 万元，年经营成本 400 万元，每年营业税金及附加 60 万元，所得税税率为 25%，则该项目年息税前利润为（　　）万元。

    A. 150　　　　　　　　　　　　　　B. 190

    C. 400　　　　　　　　　　　　　　D. 60

24. 华海公司产品销售收入为 1000 万元，变动成本率为 60%，财务杠杆系数为 2，所得税税率为 25%，普通股共发行 50 万股，每股净收益 0.96 元，该公司要求每股净利润增长 50%，则销售收入应增长（　　）。

    A. 6%　　　　　　　　　　　　　　B. 8%

    C. 10%　　　　　　　　　　　　　D. 12%

25. 下列各项经济业务中，不会影响速动比率的是（　　）。

    A. 用银行存款购买材料　　　　　　B. 用现金购置办公用品

    C. 以存货对外进行长期投资　　　　D. 从银行借得 5 年期借款

二、多项选择题（本类题共 10 题，每小题 2 分，共 20 分。每小题备选答案中，有两个或两个以上符合题意的正确答案。多选、少选、错选、不选均不得分。）

1. 递延年金是普通年金的特殊形式，凡不是从第一期开始的年金都是递延年金，它的计算公式为：$P = A \times (P/A, i, n) \times (P/F, i, m)$。下列关于 n 和 m 的说法正确的是（　　）。

    A. n 的数值是递延年金中"等额收付发生的次数"

    B. 如果递延年金从第 4 年年初开始发生，到第 8 年年初为止，每年一次，则 $n = 8$

C. 如果递延年金从第 4 年年初开始发生，则 $m=4-1=3$

D. n 为期数，m 为递延期

2. 下列说法正确的有（ ）。

A. 从量的规定性来看，货币时间价值是没有风险和没有通货膨胀条件下的社会平均资金利润率

B. 年金现值系数的倒数可以把现值折算成年金，称为投资回收系数

C. 投资报酬率或资金利润率除包括时间价值以外，还包括风险报酬率和通货膨胀附加率，在计算时间价值时，后两部分是不应包括在内的

D. 在现值和计息期数一定的情况下，利率越高，则复利终值越大

3. 下列表述不正确的有（ ）。

A. 预付年金终值系数与普通年金终值系数相比，期数减 1，而系数加 1

B. 风险是事件本身的不确定性，也就是指可能发生的损失

C. 递延年金终值的计算方法和普通年金终值相同

D. 通过证券投资组合，既能分散系统风险，又能分散非系统风险

4. 相对固定预算而言，弹性预算的优点有（ ）。

A. 预算成本低　　　　　　　　　　B. 预算工作量小

C. 预算可比性强　　　　　　　　　D. 预算适用范围宽

5. 中华公司准备进行一个项目的投资，在评价是否可行时以下属于列入现金流量的是（ ）。

A. 为该项目专门向银行借款 10 万元

B. 该项目建设期间需耗费生产产品的原材料 20 万元

C. 该项目投产后，新产品使企业现在的产品受到一定程度的冲击，使收益减少 50 万元

D. 该项目建设期间发生的各项费用 80 万元

6. 关于资本结构理论的以下表述中，正确的有（ ）。

A. 依据净收益理论，负债程度越高，加权平均资本成本越低，企业价值越大

B. 依据净营业收益理论，无论负债程度如何，加权平均资本成本不变，企业价值不变

C. 依据传统折中理论，超过一定程度地利用财务杠杆，会带来权益资本成本的上升，债务成本也会上升，使加权平均资本成本上升，企业价值就会降低

D. 依据平衡理论，当边际负债税额庇护利益恰好与边际财务危机成本相等时，企业价值最大，资本结构最优

7. 投资利润率可以进一步分解为三个相对数指标之积，它们包括（　　）。

 A. 资本周转率   B. 销售成本率

 C. 边际贡献率   D. 成本费用利润率

8. 关于风险收益率，以下叙述不正确的有（　　）。

 A. 风险收益率大，则要求的收益越大

 B. 风险收益率是 β 系数与方差的乘积

 C. 风险收益率是必要收益率与无风险收益率之差

 D. 风险收益率是 β 系数与市场风险溢酬的乘积

9. 一个企业如果流动比率比较高，那么可能（　　）。

 A. 存在闲置资金   B. 存在积压的存货

 C. 应收账款周转率缓慢   D. 偿债能力强

10. 下列各项中，需要利用内部转移价格在有关责任中心之间进行责任结转的有（　　）。

 A. 因上一车间加工缺陷造成的下一车间超定额耗用成本

 B. 因生产车间生产质量问题造成的销售部门降价损失

 C. 因生产车间自身加工不当造成的超定额耗用成本

 D. 因供应部门外购材料的质量问题造成的生产车间超定额耗用成本

三、判断题（本类题共 10 题，每小题 1 分，共 10 分。每小题判断结果正确的得 1 分，判断结果错误的扣 0.5 分，不判断的不得分也不扣分。本类题最低得分为零分。）

1. 经营风险是指因生产经营方面的原因给企业盈利带来的不确定性，它是来源于企业生产经营内部的诸多因素的影响。（　　）

2. 递延年金有终值，终值的大小与递延期是有关的，在其他条件相同的情况下，递延期越长，则递延年金的终值越大。（　　）

3. 虽然资本资产定价模型是有条件的，但是，在实际使用时不会有偏差。（　　）

4. 在规定的时间内提前偿付货款的客户可按销售收入的一定比率享受现金折扣，折扣比率越高，越能及时收回货款，减少坏账损失，所以企业应将现金折扣比率定得越高越好。（　　）

5. 在项目投资假设条件下，从投资企业的立场看，企业取得借款应视为现金流入，而归还借款和支付利息则应视为现金流出。（　　）

6. 成本中心的变动成本是可控成本，而固定成本是不可控成本。（　　）

7. 资产负债率越小，对债权人越有利；资产负债率越大，对股东越有利。

（　　）

8. 如果某一投资项目所有正指标均小于或等于相应的基准指标，反指标大于或等于相应的基准指标，则可以断定该投资项目完全具备财务可行性。（　　）

9. 处于成长中的公司多采取低股利政策；陷于经营收缩的公司多采取高股利政策。

（　　）

10. 在作业成本法下，将间接费用和直接费用都视为产品消耗作业而付出的代价，但两者采用的分配标准不同。

（　　）

■■■ 主观试题部分 ■■■

四、计算分析题（本类题共 4 题，每小题 5 分，共 20 分。凡要求计算的项目，均须列出计算过程；计算结果有计量单位的，应予标明，标明的计量单位应与题中所给计量单位相同；计算结果出现小数的，除特殊要求外，均保留小数点后两位小数。凡要求解释、分析、说明理由的内容，必须有相应的文字阐述。）

1. 广发公司预计的年度赊销收入为 3000 万元，信用条件是（3/10，2/20，n/45），其变动成本率为 40%，资金成本率为 10%，收账费用为 120 万元，坏账损失率为 2.5%。预计占赊销额 60% 的客户会利用 3% 的现金折扣，占赊销额 18% 的客户利用 2% 的现金折扣。一年按 360 天计算。

要求：

（1）计算平均收账期；

（2）计算应收账款平均余额和维持赊销业务所需的资金；

（3）计算应收账款机会成本；

（4）计算信用成本；

（5）计算信用成本前收益；

（6）计算信用成本后收益。

2. 华夏公司的流动资产由速动资产和存货构成，存货年初数为 850 万元，年末数为 1090 万元，该公司产权比率为 0.86（按平均值计算）。假设该公司年初普通股股数为 200 万股，包括上年 6 月 25 日新发行的 100 万股（一年按 360 天计算，一月按 30 天计算），股利支付率为 60%，普通股每股市价为 46.8 元。

其他资料如下：

项　　目	年 初 数	年 末 数	本年数或平均数
流动资产			—
长期资产	—	400	
固定资产净值	1000	1200	—
总资产			
流动负债（年利率为 5%）	600	700	
长期负债（年利率为 10%）	300	800	
流动比率	—	2	
速动比率	0.8		
流动资产周转率	—	—	8
净利润（所得税税率 25%）			624

假定企业不存在其他项目。

要求：计算下列指标：

（1）流动资产及总资产的年初数、年末数；

（2）本年主营业务收入净额和总资产周转率；

（3）主营业务净利率和净资产收益率（净资产按平均值）；

（4）已获利息倍数和财务杠杆系数（利息按年末数进行计算）；

（5）每股收益、每股股利和市盈率。

3. 华泰公司根据历史资料统计的业务量与资金需求量的有关情况如下：

项　　目	2006 年	2007 年	2008 年
业务量/万件	15	18	23
资金需求量/万元	130	144	156

已知该公司 2009 年预计的业务量为 29 万件。

要求：

（1）采用高低点法预测该公司 2009 年的资金需求量；

（2）假设不变资金为 54 万元，采用回归直线法预测该公司 2009 年的资金需求量；

（3）假设单位业务量（万件）所需变动资金为 5 万元，采用回归直线法预测该公司 2009 年的资金需求量。

4. 环海公司全年销售商品 8 万件，每件销售单价为 120 元，单位变动成本为 40 元，全年固定经营成本为 100 万元。该公司资产总额为 600 万元，负债占 55%，债务资金的平均利息率为 8%，每股净资产为 4.5 元。该公司适用的所得税税率为 25%。

要求：根据题意计算：

(1) 单位边际贡献；

(2) 边际贡献总额；

(3) 息税前营业利润；

(4) 利润总额；

(5) 净利润；

(6) 每股收益；

(7) 全年的经营杠杆系数；

(8) 全年的财务杠杆系数；

(9) 全年的复合杠杆系数。

五、综合题（本类题共 2 题，第 1 小题 15 分，第 2 小题 10 分，共 25 分。凡要求计算的项目，均须列出计算过程；计算结果有计量单位的，应予标明，标明的计量单位应与题中所给计量单位相同；计算结果出现小数的，除特殊要求外，均保留小数点后两位小数。凡要求解释、分析、说明理由的内容，必须有相应的文字阐述。）

1. 建海公司准备投资一个项目，为此投资项目计划按 40% 的资产负债率融资，固定资产初始投资额为 1300 万元，当年投资当年完工投产。负债资金通过发行公司债券筹集，期限为 5 年，利息分期按年支付，本金到期偿还，发行价格为 100 元/张，面值为 90 元/张，票面年利率为 6%；权益资金通过发行普通股筹集。该项投资预计有 5 年的使用年限，该方案投产后预计销售单价 50 元，单位变动成本 35 元，每年经营性固定付现成本 120 万元，年销售量为 50 万件。预计使用期满残值为 10 万元，采用直线法提折旧。该公司适用的所得税税率为 25%，该公司股票的 β 系数为 1.4，股票市场的平均收益率为 9.5%，无风险收益率为 6%。（折现率小数点保留到 1%）

要求：

(1) 计算债券年利息。

(2) 计算每年的息税前利润。

(3) 计算每年的息前税后利润和净利润。

(4) 计算该项目每年的现金净流量。

(5) 计算该公司普通股的资金成本、债券的资金成本和加权平均资金成本

（按账面价值权数计算）。

（6）计算该项目的净现值（以加权平均资金成本作为折现率）。

2. 广丰公司计划进行一项投资活动，现有甲、乙两个方案可以选择，有关资料如下：

（1）甲方案：固定资产原始投资 230 万元，全部资金于建设起点一次投入，建设期 1 年。固定资产投资资金来源为银行借款，年利率为 8%，利息按年支付，项目结束时一次还本。该项目运营期 10 年，到期残值收入 8 万元。预计投产后每年营业收入 170 万元，每年经营成本 60 万元。

（2）乙方案：固定资产原始投资 150 万元，无形资产投资 25 万元，流动资金投资 65 万元。全部固定资产原始投资于建设起点一次投入。建设期 2 年，运营期 5 年，到期残值收入 8 万元。无形资产从投产年份起分 5 年平均摊销，无形资产和流动资金投资于建设期期末投入，项目结束收回。该项目投产后预计年营业收入 170 万元，年经营成本 80 万元。

（3）该企业按直线法提折旧，所得税税率为 25%，该企业要求的最低投资回报率为 10%。

要求：

（1）计算甲方案建设期资本化利息、运营期每年支付的利息和投资总额；

（2）计算甲方案固定资产原值、项目计算期、运营期每年折旧、营运成本、息税前利润、息前税后利润和终结点回收额；

（3）计算乙方案的原始投资、项目计算期、运营期每年折旧、无形资产摊销额、息税前利润、息前税后利润和终结点回收额；

（4）计算甲、乙方案的净现金流量；

（5）计算甲、乙方案的静态投资回收期和净现值，并评价它们是否具备财务可行性；

（6）计算甲、乙方案的年等额净回收额并进行决策；

（7）根据最短计算期法对方案进行决策。

2009 年《财务管理》全真模拟题（四）

■ 客观试题部分 ■

一、单项选择题（本类题共 25 题，每小题 1 分，共 25 分。每小题备选答案中，只有一个符合题意的正确答案。多选、错选、不选均不得分。）

1. 普通年金终值系数的倒数称之为（   ）。

A. 偿债基金系数　　　　　　　　B. 复利现值系数

C. 资本回收系数　　　　　　　　D. 年金现值系数

2. 华丰公司全年必要现金支付额 500 万元，其他稳定可靠的现金流入总额 100 万元，应收账款总计金额 800 万元，其应收账款收现保证率为（   ）。

A. 50%　　　　　　　　　　　　B. 75%

C. 62.5%　　　　　　　　　　　D. 12.5%

3. 荣丰公司流动资产 700 万元，其中临时性流动资产比率为 70%；流动负债 300 万元，其中临时性流动负债比率 55%，则该公司执行的是（   ）的短期筹资和长期筹资的组合策略。

A. 平稳型　　　　　　　　　　　B. 保守型

C. 积极型　　　　　　　　　　　D. 随意型

4. 全面预算管理中，不属于全面预算内容的是（   ）。

A. 现金预算　　　　　　　　　　B. 生产预算

C. 预计利润表　　　　　　　　　D. 预计资产负债表

5. 下列关于相关系数的说法，正确的是（   ）。

A. 当相关系数为 -1 时，两项投资称为完全相关投资

B. 当相关系数为 -1 时，两项投资组合的非系统性风险能完全抵消

C. 当相关系数为 -1 时，两项投资组合的风险收益为零

D. 当相关系数为 -1 时，两项投资组合的收益大于任何一项投资的收益

6. 下列各项中，不属于用来协调公司所有者与债权人矛盾的方法有（   ）。

A. 规定借款用途　　　　　　　　B. 要求提供借款担保

C. 规定借款信用条件　　　　　　D. 给债权人以股票选择权

7. 关于经济周期中的理财策略，下列说法不正确的是（   ）。

A. 在经济复苏期企业应当增加厂房设备

B. 在经济繁荣期企业应减少劳动力，以实现更多利润

C. 在经济衰退期企业应减少存货

D. 在经济萧条期企业应裁减雇员

8. 关于项目投资，下列说法正确的是（　　）。

A. 经营成本中包括利息费用

B. 估算营业税金及附加时需要考虑应交增值税

C. 维持运营投资是指矿山、油田等行业为维持正常运营而需要在运营期投入的流动资产投资

D. 调整所得税等于税前利润与适用的所得税税率的乘积

9. $(P/A, 10\%, 4)=3.170$，$(F/A, 10\%, 4)=4.641$，则相应的偿债基金系数为（　　）。

A. 3.170　　　　　　　　　　　　B. 4.641

C. 0.215　　　　　　　　　　　　D. 3.641

10. 进行责任成本内部结转的实质，就是将责任成本按照经济损失的责任归属结转给（　　）。

A. 发生损失的责任中心　　　　　B. 发现损失的责任中心

C. 承担损失的责任中心　　　　　D. 下游的责任中心

11. 甲、乙两种证券的相关系数为 0.6，预期报酬率分别为 14% 和 18%，标准差分别为 10% 和 20%。在投资组合中，甲、乙两种证券的投资比例分别为 20% 和 80%，则甲、乙两种证券构成的投资组合的预期报酬率为（　　）。

A. 14.4%　　　　　　　　　　　　B. 16%

C. 17.2%　　　　　　　　　　　　D. 15.6%

12. 在对存货实行 ABC 分类管理的情况下，ABC 三类存货的品种数量比重大致为（　　）。

A. 0.1：0.2：0.7　　　　　　　　B. 0.5：0.3：0.2

C. 0.2：0.3：0.5　　　　　　　　D. 0.7：0.2：0.1

13. 投资决策应遵循的原则不包括（　　）。

A. 独立性原则　　　　　　　　　B. 相关性原则

C. 可操作性原则　　　　　　　　D. 科学性原则

14. 关于复合杠杆系数，下列说法不正确的是（　　）。

A. 普通股每股利润变动率与息税前利润变动率之间的比率

B. 反映产销量变动对普通股每股利润变动的影响

C. 复合杠杆系数越大，企业风险越大

D. DCL＝DOL×DFL

15. 企业运用存货模式确定最佳现金持有量所依据的假设不包括（　　）。

　　A. 所需现金只能通过银行借款取得

　　B. 预算期内现金需要总量可以预测

　　C. 现金支出过程比较稳定

　　D. 证券利率及固定性交易费用可以知悉

16. 两车间之间转移半成品时，甲车间以 18 元计收入，乙车间以 12 元计成本，该企业采用的是（　　）转移价格。

　　A. 市场价格　　　　　　　　　　B. 协商价格

　　C. 双重价格　　　　　　　　　　D. 成本加成价格

17. 建海公司 2008 年已获利息倍数为 10，该公司 2008 年财务杠杆系数为（　　）。

　　A. 15　　　　　　　　　　　　　B. 1.11

　　C. 20　　　　　　　　　　　　　D. 10

18. 下列各项中，不是信用条件的组成要素的有（　　）。

　　A. 信用期限　　　　　　　　　　B. 现金折扣期

　　C. 现金折扣率　　　　　　　　　D. 商业折扣

19. 两种证券组成的投资组合，当证券间的相关系数小于 1 时，下列关于分散化投资的表述中，不正确的是（　　）。

　　A. 分散化投资发生必然伴随投资组合机会曲线的弯曲

　　B. 投资组合报酬率标准差小于各证券报酬率标准差的加权平均数

　　C. 两种证券报酬率的变化方向和比例相同

　　D. 其投资组合的机会集是一条曲线

20. 既对成本负责，又对收入和利润负责的责任中心是（　　）。

　　A. 收入中心　　　　　　　　　　B. 利润中心

　　C. 投资中心　　　　　　　　　　D. 成本中心

21. 下列关于应交税金及附加预算的说法中，错误的是（　　）。

　　A. 某期预计应交增值税＝某期预计销售收入×应交增值税估算率

　　B. 某期预计应交增值税＝某期预计应交增值税销项税额－某期预计应交增值税进项税额

　　C. 某期预计发生的销售税金及附加＝该期预计应交营业税＋该期预计应交消费税＋该期预计应交资源税＋该期预计应交城市维护建设税＋该期预计应交教育费及附加＋该期预交所得税

　　D. 某期预计应交税金及附加＝某期预计发生的销售税金及附加＋该期预计应交增值税

22. 假设李伟于 2008 年 7 月 1 日欲购买红星公司 2004 年 1 月 1 日发行的债

券票面额为 1200 元，票面利率为 8％，每年付息一次的 5 年期债券，市场利率为 10％，当债券的市价低于（　　）元时可投资。

  A. 1296   B. 1200

  C. 589   D. 1236

23. 下列各项中，属于接受风险的对策是（　　）。

  A. 放弃 NPV＜0 的投资项目   B. 进行高、中、低风险组合投资

  C. 向保险公司投保   D. 提取坏账准备

24. 与全部投资的现金流量表相比，项目资本金现金流量表的特点在于（　　）。

  A. 项目资本金现金流量表要详细列示所得税前净现金流量、累计所得税前净现金流量、所得税后净现金流量和累计所得税后净现金流量

  B. 项目资本金现金流量表要求根据所得税前后的净现金流量，分别计算两套内部收益率、净现值和投资回收期指标

  C. 与全部投资的现金流量表相比，项目资本金现金流量表现金流入项目和流出项目没有变化

  D. 项目资本金现金流量表只计算所得税后净现金流量，并据此计算资本金内部收益率指标

25. 下列各项中，属于半固定成本内容的是（　　）。

  A. 按直线法计提的折旧费用

  B. 按月薪制开支的质检人员工资费用

  C. 计件工资费用

  D. 按年支付的广告费用

二、多项选择题（本类题共 10 题，每小题 2 分，共 20 分。每小题备选答案中，有两个或两个以上符合题意的正确答案。多选、少选、错选、不选均不得分。）

 1. 一般而言，采用双重价格的前提条件是（　　）。

  A. 内部转移的产品或劳务有外部市场

  B. 供应方有剩余生产能力

  C. 供应方单位变动成本要低于市价

  D. 产品和劳务没有适当的市价

 2. 下列关于 β 值和标准差的表述中，正确的有（　　）。

  A. β 值测度系统风险，而标准差测度整体风险

  B. β 值测度财务风险，而标准差测度经营风险

  C. β 值只反映市场风险，而标准差还反映特定风险

D. β 值测度系统风险，而标准差测度非系统风险

3. 上市公司发放股票股利可能导致的结果有 （　　）。

A. 公司股东权益内部结构发生变化

B. 公司股东权益总额发生变化

C. 公司每股利润下降

D. 公司股份总额发生变化

4. 下列各项中，属于普通年金形式的项目有 （　　）。

A. 零存整取储蓄存款的整取额

B. 定期定额支付的养老金

C. 年资本回收额

D. 偿债基金

5. 成本中心相对于利润中心和投资中心有其自身的特点，主要表现在 （　　）。

A. 成本中心应对全部成本负责

B. 成本中心只对可控成本负责

C. 成本中心只对责任成本进行考核和控制

D. 成本中心只考评费用而不考评收益

6. 相对于债券投资而言，股票投资的优点有 （　　）。

A. 投资收益高 　　　　　　　　B. 本金安全性高

C. 投资风险小 　　　　　　　　D. 市场流动性好

7. 股票上市可以为公司带来的好处有 （　　）。

A. 有助于改善财务状况 　　　　B. 利用股票市场客观评价企业

C. 提高公司的知名度 　　　　　D. 利用股票可激励职员

8. 关于财务杠杆的表述，不正确的有 （　　）。

A. 财务杠杆系数由企业资本结构决定，债务资本比率越高时，财务杠杆系数越大

B. 财务杠杆系数反映财务风险，即财务杠杆系数越大，财务风险也就越大

C. 财务杠杆系数受销售结构的影响

D. 财务杠杆系数可以反映息税前盈余随着每股盈余的变动而变动的幅度

9. 若上市公司采用了合理的收益分配政策，则可获得的效果有 （　　）。

A. 能处理好与投资者的关系 　　B. 改善企业经营管理

C. 能增强投资者的信心 　　　　D. 能为企业筹资创造良好条件

10. 当某项资产的 β 系数为 1 时，下列说法正确的是 （　　）。

A. 该单项资产的收益率与市场平均收益率呈相同比例的变化

    B. 该资产的风险情况与市场投资组合的风险情况一致

    C. 该项资产没有风险

    D. 如果市场投资组合的风险收益上升 10%，则该单项资产的风险也上升 10%

三、判断题（本类题共 10 题，每小题 1 分，共 10 分。每小题判断结果正确的得 1 分，判断结果错误的扣 0.5 分，不判断的不得分也不扣分。本类题最低得分为零分。）

    1. MM 理论认为，在没有企业和个人所得税的情况下，企业的价值不受有无负债程度的影响。在考虑所得税的情况下，由于存在税额庇护利益，企业价值随负债程度的提高而增加。   （　　）

    2. 一项 600 万元的贷款，贷款期为 5 年，年利率为 10%，如果半年复利一次，则年实际利率会高出名义利率 0.25%。   （　　）

    3. 在协调所有者与经营者矛盾的方法中，接收是一种通过所有者来约束经营者的方法。   （　　）

    4. 企业举债过度会给企业带来经营风险。   （　　）

    5. 如果金融机构在基准利率的基础上，对资信较差企业上浮 1.8% 的利率，对资信较好的企业上浮 0.8% 的利率，则加总计算所得的利率便是套算利率。   （　　）

    6. 以每股收益最大化作为财务管理目标，考虑了资金时间价值和风险因素，但不能避免企业的短期行为。   （　　）

    7. 按照插入函数法求得的内部收益率一定会小于项目的真实内部收益率。   （　　）

    8. 当企业的经营杠杆系数等于 1 时企业的固定成本为 0，此时企业仍然存在经营风险。   （　　）

    9. 国库券是一种几乎没有风险的有价证券，其利率可以代表资金的时间价值。   （　　）

    10. 经济进货批量就是使存货的储存成本和进货成本之和最小的进货数量。   （　　）

■■■■ **主观试题部分** ■■■■

四、计算分析题（本类题共 4 题，每小题 5 分，共 20 分。凡要求计算的项目，均须列出计算过程；计算结果有计量单位的，应予标明，标明的计量单位应与题中所给计量单位相同；计算结果出现小数的，除特殊要求外，均保留小数点后两位小数。凡要求解释、分析、说明理由的内容，必须有相应的文字阐述。）

1. 华南公司目前的资金总量为 1500 万元，其中，平价债券 500 万元，票面年利率为 10%，分期付息到期还本；普通股 600 万元（每股面值 10 元）。目前市场无风险报酬率为 8%，市场风险股票的必要收益率为 13%，该股票的 β 系数为 1.4。该公司目前的息税前利润为 240 万元，预计该公司未来的息税前利润和未来的利息将保持目前水平不变，并且假设留存收益率为零，该公司适用的所得税税率为 25%。

要求：

（1）计算该公司的股票市场价值、公司市场总价值和加权平均资金成本（权数为市场价值权数）。

（2）该公司计划追加筹资 400 万元，有两种方式可供选择：发行债券 400 万元，年利率 12%；发行普通股 400 万元，每股价格 10 元。计算两种筹资方案的每股利润无差别点。

2. 环海公司预测 2009 年度赊销收入为 5000 万元，信用条件是（2/10，1/20，$n/40$），其变动成本率为 55%，企业的资金成本率为 15%。预计占赊销额 50% 的客户会利用 2% 的现金折扣，占赊销额 40% 的客户利用 1% 的现金折扣。一年按 360 天计算。

要求：

（1）计算 2009 年度应收账款的平均收账期；

（2）计算 2009 年度应收账款的平均余额；

（3）计算 2009 年度维持赊销业务所需要的资金额；

（4）计算 2009 年度应收账款的机会成本；

（5）计算 2009 年度现金折扣成本。

3. 北方公司准备投资 200 万元，购入由甲、乙、丙三种股票构成的投资组合，三种股票占用的资金分别为 40 万元、60 万元和 100 万元，即它们在证券组合中的比重分别为 20%、30% 和 50%，三种股票的 β 系数分别为 0.8、1.0 和 1.8。无风险收益率为 10%，平均风险股票的市场必要报酬率为 16%。

要求：

（1）计算该股票组合的综合 β 系数；

（2）计算该股票组合的风险报酬率；

（3）计算该股票组合的必要报酬率；

（4）若甲公司目前要求必要报酬率为 19%，且对乙股票的投资比例不变，如何进行投资组合？

4. 华夏公司年终利润分配前的股东权益项目资料如下（万元）：

| 股本（每股面值1元,600万股） | 600 | 未分配利润 | 1850 |
| 资本公积 | 210 | 股东权益合计 | 2660 |

公司股票的现行市价为每股 28 元，每股收益 2.8 元。

要求：计算回答下述问题：

（1）计划按每 10 股送 1 股的方案发放股票股利，并按发放股票股利后的股数派发每股现金股利 0.2 元，股票股利的金额按现行市价计算。计算完成这一分配方案后的股东权益各项目数额。

（2）若按 1 股分为 2 股的比例进行股票分割，计算股东权益各项目的数额、普通股股数。

（3）如果利润分配不改变市净率（每股市价/每股净资产），公司按每 10 股送 1 股的方案发放股票股利。股票股利按现行市价计算，并按新股数发放现金股利，且希望普通股市价达到每股 20 元，计算每股现金股利。

（4）为了调整资本结构，公司打算用现金按照现行市价回购 50 万股股票，假定净利润与市盈率不变，计算股票回购之后的每股收益和每股市价。

五、综合题（本类题共 2 题，第 1 小题 15 分，第 2 小题 10 分，共 25 分。凡要求计算的项目，均须列出计算过程；计算结果有计量单位的，应予标明，标明的计量单位应与题中所给计量单位相同；计算结果出现小数的，除特殊要求外，均保留小数点后两位小数。凡要求解释、分析、说明理由的内容，必须有相应的文字阐述。）

1. ABC 公司研制成功一台新产品，现在需要决定是否大规模投产，有关资料如下：

（1）公司的销售部门预计，如果每台定价 3 万元，销售量每年可以达到 10000 台；生产部门预计，变动制造成本每台 2.1 万元，不含折旧费的固定制造成本每年 4000 万元。新业务将在 2009 年 1 月 1 日开始，假设经营现金流发生在每年年底。

（2）为生产该产品，需要添置一台生产设备，预计其购置成本为 4000 万元。

该设备可以在 2008 年底以前安装完毕，并在 2008 年底支付设备购置款。该设备按税法规定折旧年限为 5 年，净残值率为 5%；经济寿命为 5 年。如果决定投产该产品，公司将可以连续经营 5 年，预计不会出现提前中止的情况。

（3）生产该产品所需的厂房可以用 8000 万元购买，在 2008 年底付款并交付使用。该厂房按税法规定折旧年限为 20 年，净残值率 5%。5 年后该厂房的市场价值预计为 7000 万元。

（4）生产该产品需要的净营运资本预计为销售额的 10%。假设这些净营运资本在 2009 年初投入，项目结束时收回。

（5）公司的所得税税率为 25%。

（6）该项目的成功概率很大，风险水平与企业平均风险相同，可以使用公司的加权平均资本成本 10% 作为折现率。新项目的销售额与公司当前的销售额相比只占较小份额，并且公司每年有若干新项目投入生产，因此该项目万一失败不会危及整个公司的生存。

要求：

（1）计算项目的初始投资总额，包括与项目有关的固定资产购置支出以及净营运资本增加额。

（2）计算厂房和设备的年折旧额以及第 5 年末的账面价值。

（3）计算第 5 年末处置厂房和设备引起的税后净现金流量。

（4）计算各年项目现金净流量和静态回收期。

2. 荣丰公司 11 月份现金收支的预计资料如下：

（1）11 月 1 日的现金（包括银行存款）余额为 15000 元，而已收到未入账支票 35000 元。

（2）产品售价 9 元/件。9 月销售 20000 件，10 月销售 30000 件，11 月预计销售 40000 件，12 月预计销售 25000 件。根据经验，商品售出后当月可收回货款的 60%，次月收回 30%，再次月收回 8%，另外 2% 为坏账。

（3）进货成本为 5 元/件，平均在 15 天后付款。编制预算时月底存货为次月销售的 10% 加 1000 件。10 月底的实际存货为 4000 件，应付账款余额为 77500 元。

（4）11 月的费用预算为 85000 元，其中折旧为 12000 元，其余费用须当月用现金支付。

（5）预计 11 月份将购置设备一台，支出 150000 元，须当月付款。

（6）11 月份预交所得税 20000 元。

（7）现金不足时可从银行借入，借款额为 10000 元的倍数，利息在还款时付。期末现金余额不少于 5000 元。

要求：编制 11 月份的现金预算（请将结果填列在给定的"11 月份现金预算"表格中，分别列示各项收支金额）。

11 月份现金预算　　　　　　　　单位：元

项　目	金　额
期初现金	
现金收入：	
可使用现金合计	
现金支出：	
现金支出合计	
现金多余(或不足)	
借入银行借款	
期末现金余额	

2009 年《财务管理》全真模拟题（五）

客观试题部分

一、单项选择题（本类题共 25 题，每小题 1 分，共 25 分。每小题备选答案中，只有一个符合题意的正确答案。多选、错选、不选均不得分。）

1. 企业所采用的财务管理策略在不同的经济周期中各有不同。在经济繁荣期，不应选择的财务管理策略是（　　）。

 A. 扩充厂房设备   B. 继续建立存货

 C. 裁减雇员   D. 提高产品价格

2. 下列不属于建立资本资产定价模型的假定条件的有（　　）。

 A. 所有投资者都计划持续经营，要在较长的周期内持有资产

 B. 投资者只能交易公开交易的金融工具（如股票、债券等），并假定投资者可以不受限制地以固定的无风险利率借贷

 C. 没有税金和交易成本，市场环境不存在摩擦

 D. 所有的投资者都拥有同样预期，并且都能获取完整的信息

3. 下列各项中，不属于企业价值最大化目标优点的是（　　）。

 A. 考虑了资金的时间价值

 B. 反映了企业资产保值增值的要求

 C. 有利于克服管理上的短期行为

 D. 无论何时均能够准确地揭示企业的获利能力

4. 企业采用剩余股利政策进行收益分配的主要优点是（　　）。

 A. 有利于投资者安排收入   B. 有利于树立公司良好形象

 C. 能使综合资金成本最低   D. 能使股利支付与收益配合

5. 光明公司的经营杠杆系数为 2，预计息税前利润将增长 10%，在其他条件不变的情况下，销售量将增长（　　）。

 A. 10%   B. 5%

 C. 20%   D. 1%

6. 依利率形成机制不同，利率可分为（　　）。

 A. 市场利率和法定利率   B. 名义利率和实际利率

C. 基准利率和套算利率 D. 固定利率和浮动利率

7. 假设荣丰公司有 150 万股流通在外的普通股，除权发行 50 万股新股，每股认购价格为 10 元，该股票股权登记日后的每股市价为 25 元，则该除权优先认股权的价值为（ ）元。

A. 5 B. 3

C. 15 D. 2

8. 下列说法中，不正确的是（ ）。

A. 偿债基金的计算实际上是年金现值的逆运算

B. 即付年金与普通年金的区别仅在于付款时间的不同

C. 凡不是从第一期开始的年金都是递延年金

D. 永续年金是期限趋于无穷的普通年金，它没有终值

9. 关于股票股利，下列说法正确的是（ ）。

A. 股票股利会导致公司资产的流出

B. 股票股利会引起负债的增加

C. 股票股利会引起所有股东财富的增加

D. 股票股利会引起所有者权益各项目的结构发生变化

10. 光明公司年初资产总额为 600 万元，年末资产总额为 680 万元，利润总额为 120 万元，所得税为 4 万元，利息支出为 10 万元，则总资产报酬率为（ ）。

A. 18% B. 12%

C. 20.31% D. 20%

11. 下列各项成本中，（ ）不属于酌量性固定成本。

A. 研究开发费用 B. 职工培训费用

C. 广告宣传费用 D. 直接材料费用

12. 已知经营杠杆为 2，固定成本为 4 万元，利息费用为 1 万元，则已获利息倍数为（ ）。

A. 2 B. 4

C. 1 D. 5

13. 考核利润中心负责人的最佳指标是（ ）。

A. 利润中心可控利润总额 B. 公司利润总额

C. 利润中心边际贡献 D. 利润中心负责人可控利润总额

14. 下列表述中，不正确的说法是（ ）。

A. 高层次责任中心的不可控成本，对于较低层次的责任中心来说，一定是不可控的

B. 低层次责任中心的不可控成本，对于较高层次的责任中心来说，一定

是可控的

C. 某一责任中心的不可控成本，对另一个责任中心来说则可能是可控的

D. 某些从短期看属不可控的成本，从较长的期间看，可能又成为可控成本

15. 投资利润率是广泛采用的评价投资中心业绩的指标，它的优点不包括（　　）。

A. 避免本位主义

B. 能反映投资中心的综合盈利能力

C. 具有横向可比性

D. 可以正确引导投资中心的经营管理行为，使其行为长期化

16. 下列各项中不属于期权投资可考虑的投资策略的是（　　）。

A. 预计期权标的物价格将上升时，卖出认购期权

B. 预计期权标的物价格将下降时，买入认售期权

C. 买进认售期权同时买入期权标的物

D. 买进认购期权同时卖出期权标的物

17. 已知华夏公司 2008 年 10 月销售收入 50 万元，已销产品的变动成本和变动销售费用为 20 万元。华夏公司负责人可控固定间接费用 3 万元，华夏公司负责人不可控固定间接费用为 1 万元，分配来的公司管理费用 2 万元，则该公司可控利润总额为（　　）。

A. 27 万元　　　　　　　　　　B. 24 万元

C. 28 万元　　　　　　　　　　D. 26 万元

18. 在采用市场价格作为内部转移价格时，在不影响企业整体利益的前提下，应遵循的原则不包括（　　）。

A. 当供应方愿意对内销售，且售价不高于市价时，使用方有购买的义务，不得拒绝"购进"

B. 当供应方售价高于市场价格，使用方有转向市场购入的自由

C. 当供应方宁愿对外界市场销售，则应有不对内销售的权利

D. 当市场上有不止一种市价时，供求双方应进行协商

19. 相对于股票、留存收益筹资，吸收直接投资最大的好处是（　　）。

A. 能尽快形成生产能力　　　　B. 有利于降低财务风险

C. 有利于增强企业信誉　　　　D. 扩大公司知名度

20. 下列说法不正确的是（　　）。

A. 相关系数为 1 时，两种资产组成投资组合的期望收益率是各自收益率的加权平均数

B. 相关系数为 1 时，两种资产组成投资组合的标准差是各自标准差的加

权平均数

C. 相关系数为 1 时，两种资产组成投资组合的标准差是各自标准差的算术平均数

D. 相关系数为 −1 时，两种资产组成投资组合的期望收益率是各自收益率的加权平均数

21. 关于市盈率的说法不正确的是（   ）。

A. 反映投资人对每股净利润所愿支付的价格

B. 反映市场对公司的期望和信赖

C. 可用于不同行业公司的比较

D. 仅从市盈率高低的横向比较看，高市盈率说明公司具有良好的前景

22. 甲公司 2008 年经营性流动资产 300 万元，经营性流动负债 200 万元，金融负债 180 万元，金融资产 20 万元，经营长期资产增加 800 万元，经营长期负债 180 万元，则该公司投资成本为（   ）万元。

A. 720
B. 880
C. 650
D. 540

23. 下列影响认股权证的因素中，表述不正确的是（   ）。

A. 换股比率越大，认股权证的理论价值越大

B. 普通股市价越高，认股权证的理论价值越大

C. 执行价格越高，认股权证的理论价值越大

D. 剩余有效期间越长，认股权证的理论价值越大

24. 建海公司已获利息倍数为 3，且该公司未发行优先股，债务利息全部为费用化利息，则其财务杠杆系数为（   ）。

A. 3
B. 2.5
C. 2
D. 1.5

25. 已知某设备原值 60000 元，税法规定残值率为 10%，最终报废残值为 5000 元，该公司所得税税率为 25%，则该设备最终报废由于残值带来的现金流入量为（   ）元。

A. 5000
B. 6000
C. 250
D. 5250

二、多项选择题（本类题共 10 题，每小题 2 分，共 20 分。每小题备选答案中，有两个或两个以上符合题意的正确答案。多选、少选、错选、不选均不得分。）

1. 关于财务风险，下列说法正确的有（   ）。

A. 自有资金比例越大，风险程度越大

B. 借入资金比例越小，风险程度越小

C. 加强财务风险管理，关键在于要维持适当的负债水平

D. 风险程度大小受借入资金对自有资金比例的影响

2. 荣丰公司正在重新评价是否投产一种一年前曾经论证但搁置的项目，对以下收支发生争论，应列入该项目评价的现金流出量有（　　）。

A. 一年前的论证费用

B. 动用为其他产品储存的原料约 100 万元

C. 该项目利用现有未充分利用的厂房和设备，如将该设备出租可获收益 100 万元

D. 新产品销售会使本公司同类产品减少收益 50 万元

3. 股票股利和股票分割的共同点包括（　　）。

A. 所有者权益总额均不变　　　　B. 股东持股比例均不变

C. 所有者权益的内部结构均不变　D. 股东持股市场价值总额均不变

4. 下列说法不正确的是（　　）。

A. 通常在除息日之前进行交易的股票，其价格低于在除息日后进行交易的股票价格

B. 在公司的高速发展阶段，企业往往需要大量的资金，此时适合采用剩余股利政策

C. 法定公积金按照本年实现净利润的 10％ 提取

D. 股票回购可以防止派发剩余现金造成的短期效应

5. 下列各项中会使公司采用低股利政策的是（　　）。

A. 公司的盈余稳定性差　　　　　B. 公司资产流动性差

C. 公司缺乏良好的投资机会　　　D. 公司举债能力弱

6. 契约型基金相对于公司型基金的特点是（　　）。

A. 契约型基金的资金是公司法人的资本

B. 契约型基金的投资人是受益人

C. 契约型基金的投资人不享有管理基金公司的权利

D. 契约型基金运营依据是基金公司章程

7. 下列属于股票回购缺点的是（　　）。

A. 股票回购需要大量资金支付回购的成本，易造成资金紧缺，资产流动性变差，影响公司发展后劲

B. 回购股票可能使公司的发起人股东更注重创业利润的兑现，而忽视公司长远的发展，损害公司的根本利益

C. 股票回购容易导致公司操纵股价

D. 股票回购不利于公司实施兼并与收购

8. 甲利润中心常年向乙利润中心提供劳务，在其他条件不变的情况下，如果提高劳务的内部转移价格，可能出现的结果有（　　）。

    A. 甲利润中心内部利润增加　　　B. 乙利润中心内部利润减少

    C. 企业利润总额增加　　　D. 企业利润总额不变

9. 相对权益资金的筹资方式而言，长期借款筹资的缺点主要有（　　）。

    A. 财务风险较大　　　B. 资金成本较高

    C. 筹资数额有限　　　D. 筹资速度较慢

10. 营运资金周转是指企业的营运资金从现金投入生产经营开始到最终转化为现金为止的过程。下列会使营运资金数额增大的方式有（　　）。

    A. 缩短存货周转期　　　B. 缩短应收账款周转期

    C. 缩短应付账款周转期　　　D. 延长应收账款周转期

三、判断题（本类题共 10 题，每小题 1 分，共 10 分。每小题判断结果正确的得 1 分，判断结果错误的扣 0.5 分，不判断的不得分也不扣分。本类题最低得分为零分。）

1. 现金控制旨在提高收入、降低成本，其根本目的是实现利润最大化。（　　）

2. 在一定范围内，现金的持有成本与现金的持有量成正比。（　　）

3. 技术分析只关心市场上股票价格的波动和如何获得股票投资的短期收益，很少涉及股票市场以外的因素。（　　）

4. 从企业总体而言，内部转移价格无论怎样变动，企业利润总额不变。（　　）

5. 光明公司需要建一座厂房，占用厂区土地 5 亩，原始成本 20 万元/亩，现价 50 万元/亩，则该厂房的投资中除包括建造成本外，还应包括 100 万元的土地成本。（　　）

6. 在各种资金来源中，普通股成本最高。（　　）

7. 企业按照销售百分率法预测出来的资金需要量，是企业在未来一定时期资金量的增量。（　　）

8. 或有负债比率是或有负债与所有者权益之比，该指标越高，反映企业承担的风险越大。（　　）

9. 无论是经营杠杆系数变大，还是财务杠杆系数变大，都可能导致企业的复合杠杆系数变大。（　　）

10. 在实际工作中，那些由协方差表示的各资产收益率之间相互作用、共同运动所产生的风险，并不能随着组合中资产数目的增加而消失，它是始终存在的。（　　）

■■■ **主观试题部分** ■■■

四、计算分析题（本类题共 4 题，每小题 5 分，共 20 分。凡要求计算的项目，均须列出计算过程；计算结果有计量单位的，应予标明，标明的计量单位应与题中所给计量单位相同；计算结果出现小数的，除特殊要求外，均保留小数点后两位小数。凡要求解释、分析、说明理由的内容，必须有相应的文字阐述。）

1. 南方投资公司准备从证券市场购买甲、乙、丙、丁四种股票组成投资组合。已知甲、乙、丙、丁四种股票的 β 系数分别为 0.7、1.2、1.6、2.1。现行国库券的收益率为 8%，市场平均股票的必要收益率为 17%。

要求：

（1）采用资本资产定价模型分别计算这四种股票的预期收益率。

（2）假设该公司准备投资并长期持有甲股票。甲股票上年的每股股利为 8 元，预计年股利增长率为 6%，现在每股市价为 50 元。问是否可以购买？

（3）若该投资者按 5∶2∶3 的比例分别购买了甲、乙、丙三种股票，计算该投资组合的 β 系数和必要收益率。

（4）若该投资者按 3∶2∶5 的比例分别购买了乙、丙、丁三种股票，计算该投资组合的 β 系数和必要收益率。

（5）根据上述（3）和（4）的计算，如果该投资者想降低风险，应选择哪一种投资组合？

2. 光华公司 2008 年甲产品销售收入为 5000 万元，总成本为 3500 万元，其中固定成本为 600 万元。2009 年该企业有两种信用政策可供选用：

（1）A 方案：给予客户 60 天信用期限（n/60），预计销售收入为 6000 万元，货款将于第 60 天收到，其信用成本为 140 万元。

（2）B 方案：信用政策为（2/10，1/20，n/90），预计销售收入为 5800 万元，将有 30% 的货款于第 10 天收到，20% 的货款于第 20 天收到，其余 50% 的货款于第 90 天收到（前两部分货款不会产生坏账，后一部分货款的坏账损失率为该部分货款的 4%），收账费用为 50 万元。该企业甲产品销售额的相关范围为 4000 万～7000 万元，企业的资金成本率为 8%（为简化计算，本题不考虑增值税因素）。

要求：

（1）计算该企业 2008 年的下列指标：

① 变动成本总额；

② 以销售收入为基础计算的变动成本率。

（2）计算 B 方案的下列指标：

① 应收账款平均收账天数；

② 应收账款平均余额；

③ 维持应收账款所需资金；

④ 应收账款机会成本；

⑤ 坏账成本；

⑥ 采用 B 方案的信用成本。

（3）计算以下指标：

① A 方案的现金折扣；

② B 方案的现金折扣；

③ AB 两方案信用成本前收益之差；

④ AB 两方案信用成本后收益之差。

（4）为该企业作出采取何种信用政策的决策，并说明理由。

3. 华夏公司 2008 年 12 月 31 日的资产负债表如下：

简要资产负债表 单位：元

资　产	期末余额	负债及所有者权益	期末余额
现金	2000	应付费用	5000
应收账款	28000	应付账款	13000
存货	30000	短期借款	12000
固定资产净值	40000	公司债券	20000
		实收资本	40000
		留存收益	10000
合　计	100000	合　计	100000

公司 2008 年的销售收入为 15 万元，流动资产的周转率为 2 次，销售净利率为 10%，现在还有剩余生产能力，即增加收入不需进行固定资产投资，此外流动资产及流动负债中的应付账款均随销售收入的增加而增加。

要求：

（1）如果 2009 年的预计销售收入为 20 万元，公司的利润分配给投资人的比率为 30%，其他条件不变，那么需要从企业外部筹集多少资金？

（2）如果 2009 年要追加一项投资 5 万元，2009 年的预计销售收入为 20 万元，公司的利润分配给投资人的比率为 30%，其他条件不变，那么需要从企业外部筹集多少资金？

4. 南海公司计划用新设备替换旧设备。旧设备预计尚可使用 5 年，目前变现净收入为 60000 元。新设备投资额为 150000 元，预计使用 5 年。至第 5 年末，新、旧设备的预计残值假设分别为 10000 元和 6000 元（各残值与税法的规定相同）。使用新设备可使企业在未来 5 年内每年增加营业收入 16000 元，降低付现成本 9000 元。按直线法计提折旧，所得税税率为 25%。

要求：

(1) 计算使用新设备比使用旧设备每年增加的净现金流量。

(2) 计算该更新方案的内含报酬率。

(3) 若设定折现率分别为 8% 和 10%，确定应否用新设备替换现有旧设备。

五、综合题（本类题共 2 题，第 1 小题 15 分，第 2 小题 10 分，共 25 分。凡要求计算的项目，均须列出计算过程；计算结果有计量单位的，应予标明，标明的计量单位应与题中所给计量单位相同；计算结果出现小数的，除特殊要求外，均保留小数点后两位小数。凡要求解释、分析、说明理由的内容，必须有相应的文字阐述。）

1. 永昌公司有关资料如下：

(1) 全年销售收入 6000 万元，变动成本率 60%，含折旧摊销在内的固定成本为 1500 万元，所得税税率为 25%。

(2) 公司所有者权益为 2000 万元，全部为普通股股本，普通股 200 万股，市价 10 元；负债率 40%，全部为长期债务，利率为 8%，各种筹资费用忽略不计。

(3) 根据分析，该公司股票 β 系数为 1.6，短期国债收益为 4.6%，市场风险溢价率为 9%。

(4) 公司执行固定股利支付率政策，股利支付率为 40%，未来 2 年公司快速成长，增长率为 15%，未来 3～5 年增长率为 10%，以后各年进入稳定不变阶段。

(5) 下一年度公司拟投产新产品，预计增加资金 500 万元，可采用以 10% 的年利率发行债券或以每股 10 元价格增发股票方式追加资金，预计新产品投产后增加息税前利润 66 万元。

要求：

(1) 计算该年该公司息税前利润；

(2) 计算该年净利润和每股收益、每股股利；

(3) 用资本资产定价模式计算股票投资人期望的收益率、加权平均资金成本；

（4）计算股票的内在价值（三阶段模型）；

（5）计算每股收益无差别点下的息税前利润；

（6）公司应采用哪种方式筹资？

（7）在无差别点条件下，该公司的财务杠杆系数是多少？

2. 华南公司近期准备投资一个项目，该项目的有关资料如下：

（1）项目的原始投资 1200 万元，其中固定资产投资 800 万元，流动资金投资 230 万元，其余为无形资产投资。全部资金的来源中借款 200 万元，年利率 10％。

（2）该项目的建设期为 2 年，经营期为 10 年。固定资产投资和无形资产投资分 2 年平均投入（年初投入），流动资金投资在项目完工时（第二年年末）投入。

（3）固定资产的寿命期为 10 年，按照直线法来计提折旧，期满有 50 万元的残值收入；无形资产从投资年份算起分 10 年摊销完毕；流动资金在终点一次收回。

（4）预计项目投产后，每年发生的相关营业收入（不含增值税）和经营成本分别为 600 万元和 200 万元，所得税税率为 25％。

要求：

（1）计算该项目的下列指标：

　　① 项目计算期；

　　② 固定资产年折旧额；

　　③ 无形资产年摊销额；

　　④ 经营期每年的总成本；

　　⑤ 经营期每年的息税前利润。

（2）计算该项目的下列现金流量指标：

　　① 建设期各年的净现金流量；

　　② 投产后 1～9 年每年的自由现金流量；

　　③ 项目计算期期末回收额；

　　④ 结点净现金流量。

2004 年全国会计专业技术资格考试
《财务管理》参考答案及解析

一、单项选择题

1.【答案】 C

【解析】 根据资金时间价值理论，n 期即付年金现值与 n 期普通年金现值的期间相同，但由于其付款时间不同，n 期即付年金现值比 n 期普通年金现值少折现一期。"即付年金现值系数"是在普通年金现值系数的基础上，期数减 1、系数加 1 所得的结果。

2.【答案】 C

【解析】 根据公式，期望投资报酬率＝无风险报酬率＋风险报酬率，$15\%＝8\%＋$风险报酬率，风险报酬率＝7%。

3.【答案】 A

【解析】 根据财务管理的理论，债券的发行价格＝$1000×(1＋10\%×5)×(P/F,12\%,5)＝851.10$ 元。

4.【答案】 D

【解析】 在财务管理中，债券筹资的优点包括：资金成本较低，保证控制权，可以发挥财务杠杆作用。债券筹资的缺点包括：筹资风险高，限制条件多，筹资额有限。

5.【答案】 C

【解析】 相对于发行债券和利用银行借款购买设备而言，融资租赁筹资的最主要缺点就是资金成本较高。一般来说，其租金要比银行借款或发行债券所负担的利息高得多。在企业财务困难时，固定的租金也会构成一项较沉重的负担。

6.【答案】 A

【解析】 在财务管理中，财务管理的目标是企业价值最大化，企业的加权资本成本最低时的企业价值是最大的，所以企业在选择筹资渠道时应当优先考虑资金成本。

7.【答案】 C

【解析】 企业一定期间内，如果固定生产成本不为零，则会产生经营杠杆效应，导致息税前利润变动率大于产销业务量的变动率；如果固定财务费用不为零，则会产生财务杠杆效应，导致企业每股利润的变动率大于息税前利润变动率；如果两种杠杆共同起作用，那么销售额稍有变动就会使每股收益发生较大的变动，产生复合杠杆效应。

8.【答案】D

【解析】根据公式，流动资金＝流动资产－流动负债，第一年的流动资金投资额＝2000－1000＝1000 万元，第二年的流动资金投资额＝3000－1500＝1500 万元，第二年新增的流动资金投资额＝1500－1000＝500 万元。

9.【答案】B

【解析】项目的年等额净回收额＝项目的净现值/年金现值系数＝10000/3.791＝2638 万元。

10.【答案】D

【解析】在证券投资中，证券投资组合的风险包括非系统性风险和系统性风险。非系统性风险又叫可分散风险或公司特定风险，可以通过投资组合分散掉，当股票种类足够多时，几乎能把所有的非系统性风险分散掉。系统性风险又称不可分散风险或市场风险，不能通过证券组合分散掉。

11.【答案】A

【解析】在冒险型投资组合中，投资人认为只要投资组合做得好，就能击败市场或超越市场，取得远远高于平均水平的收益。因此，在这种组合中，低风险、低收益证券所占比重较小，高风险、高收益证券所占比重较高。

12.【答案】B

【解析】现金属于非盈利资产，现金持有量过多，导致企业的收益水平降低。

13.【答案】D

【解析】所谓信用条件就是指企业接受客户信用订单时所提出的付款要求，主要包括信用期限、折扣期及现金折扣率等。

14.【答案】C

【解析】在财务管理中，采用固定股利比例政策，要求公司每年按固定比例从净利润中支付股利。由于公司的盈利能力在年度间是经常波动的，因此每年的股利也应随着公司收益的变动而变动，保持股利与利润间的一定比例关系，体现风险投资与风险收益的对等。

15.【答案】B

【解析】在固定股利政策下，公司在较长时期内都将分期支付固定的股利额，股利不随经营状况的变化而变动，除非公司预期未来收益将会有显著的、不可逆转的增长而提高股利发放额。采用这种政策的，大多数属于收益比较稳定或正处于成长期、信誉一般的公司。

16.【答案】A

【解析】弹性预算又称变动预算或滑动预算。它是指在成本习性分析的基础上，以业务量、成本和利润之间的依存关系为依据，按照预算期可预见的各种业务量水平，编制的能够适应多种情况的预算。

17.【答案】B

【解析】选项A，现金预算只能以价值量指标反映企业经营收入和相关现金收支，不能以实物量指标反映企业经营收入和相关现金收支；选项C，生产预算只反映实物量预算，不反映价值量预算；选项D，产品成本预算只能反映现金支出。

18.【答案】D

【解析】在财务管理中，责任成本是各成本中心当期确定或发生的各项可控成本之和，作为可控成本必须具备四个条件：可以预计、可以计量、可以施加影响和可以落实责任。

19.【答案】B

【解析】根据公式，剩余收益＝投资额×投资利润率－投资额×公司加权平均的最低投资利润率，即 $200×($投资利润率$-20\%)=20$，所以，投资利润率$=30\%$。

20.【答案】A

【解析】根据公式，总资产周转率＝主营业务收入净额/平均资产总额＝主营业务收入净额/(流动资产平均余额＋固定资产平均余额)＝36000/(4000＋8000)＝3.0。

21.【答案】A

【解析】根据财务管理理论，在杜邦财务分析体系中净资产收益率＝总资产净利率×权益乘数＝营业净利率×总资产周转率×权益乘数，由此可知在杜邦财务分析体系中净资产收益率是一个综合性最强的财务比率，是杜邦系统的核心。

22.【答案】A

【解析】根据财务管理的理论，企业的自有资金指的是所有者权益。选项B、C 筹集的都是负债资金；选项D 导致所有者权益内部项目此增彼减，所有者权益不变，不能引起企业自有资金增加。

23.【答案】D

【解析】企业与投资者之间的财务关系主要是指企业的投资者向企业投入资金，企业向其投资者支付投资报酬所形成的经济关系。

24.【答案】C

【解析】在财务管理中，企业价值不是账面资产的总价值，而是企业全部资产的市场价值。

25.【答案】B

【解析】根据财务管理的理论，资本回收是指在给定的年限内等额回收初始投入资本或清偿所欠债务的价值指标。年资本回收额的计算是年金现值的逆运算，资本回收系数是年金现值系数的倒数。

二、多项选择题

1.【答案】 ABC

【解析】 在财务管理中，单纯固定资产投资项目净现金流量的简化公式为：经营期某年净现金流量＝该年因使用该固定资产新增的净利润＋该年因使用该固定资产新增的折旧＋该年因使用固定资产新增的利息＋该年回收的固定资产净残值。按照全投资假设，在确定项目的现金流量时，只考虑全部资金的运动情况，而不具体区分自有资金和借入资金等具体形式的现金流量，偿还的相关借款本金以及支付的利息都不计入经营期某年的净现金流量。

2.【答案】 ABCD（按照新大纲，应选 ABC）

【解析】 证券投资风险主要包括违约风险、利息率风险、购买力风险、流动性风险和期限性风险。违约风险指的是证券发行人无法按期支付利息或偿还本金的风险；利息率风险指的是由于利息率的变动而引起证券价格波动，投资人遭受损失的风险；购买力风险指的是由于通货膨胀而使证券到期或出售时所获得的货币资金的购买力降低的风险；流动性风险指的是在投资人想出售有价证券获取现金时，证券不能立即出售的风险；期限性风险指的是由于证券期限长而给投资人带来的风险。

注意：根据新大纲的内容，证券投资的风险主要包括违约风险、利息率风险、购买力风险、流动性风险、再投资风险和破产风险，该题答案应该是 ABC。

3.【答案】 ACD

【解析】 根据财务管理的理论，经济进货批量基本模式以如下假设为前提：①企业一定时期的进货总量可以较为准确地予以预测；②存货的耗用或者销售比较均衡；③存货的价格稳定，且不存在数量折扣，进货日期完全由企业自行决定，并且每当存货量降为零时，下一批存货均能马上一次到位；④仓储条件及所需现金不受限制；⑤不允许出现缺货情形；⑥所需存货市场供应充足，不会因买不到所需存货而影响其他方面。

4.【答案】 AB

【解析】 根据财务管理的理论，资本保全约束要求企业发放的股利或投资分红不得来源于原始投资（或股本），而只能来源于企业当期利润或留存收益。

5.【答案】 ABD

【解析】 在财务管理中，与传统的定期预算相比，按滚动预算方法编制的预算具有以下优点：①透明度高；②及时性强；③连续性、完整性和稳定性突出。采用滚动预算的方法编制预算的唯一缺点是预算工作量较大。

6.【答案】 ABCD

【解析】 根据公式，社会贡献率＝企业社会贡献总额/平均资产总额，社会贡献总额包括：工资支出、劳保退休统筹及其他社会福利支出、利息支出净额、应交或已交的各项税款、附加及福利等。

7.【答案】 ABCD

【解析】 经营者和所有者的主要矛盾是经营者希望在提高企业价值和股东财富的同时，能更多地增加享受成本；而所有者和股东则希望以较小的享受成本支出带来更高的企业价值或股东财富。可用于协调所有者与经营者矛盾的措施包括解聘、接收和激励。激励有两种基本方式：①"股票选择权"方式；②"绩效股"形式。选项 A 和 B 属于所有者监督经营者的措施，选项 C 属于接收措施，选项 D 属于激励经营者的措施。

8.【答案】 BCD

【解析】 在财务管理中，经营风险是指因生产经营方面的原因给企业盈利带来的不确定性。比如：由于原材料供应地的政治经济情况变动，运输路线改变，原材料价格变动，新材料、新设备的出现等因素带来的供应方面的风险；由于产品生产方向不对头，产品更新时期掌握不好，生产质量不合格，新产品、新技术开发试验不成功，生产组织不合理等因素带来的生产方面的风险；由于出现新的竞争对手，消费者爱好发生变化，销售决策失误，产品广告推销不力以及货款回收不及时等因素带来的销售方面的风险。企业举债过度会给企业带来财务风险，而不是带来经营风险。

9.【答案】 CD

【解析】 优先股的"优先"是相对于普通股而言的，这种优先权主要表现在优先分配股利权、优先分配剩余资产权和部分管理权。优先认股权指的是当公司增发普通股票时，原有股东有权按持有公司股票的比例，优先认购新股票。优先认股权是普通股股东的权利。

10.【答案】 ABD

【解析】 根据财务管理的理论，衡量企业复合风险的指标是复合杠杆系数，复合杠杆系数＝经营杠杆系数×财务杠杆系数，在边际贡献大于固定成本的情况下，选项 A、B、D 均可以导致经营杠杆系数降低，复合杠杆系数降低，从而降低企业复合风险；选项 C 会导致财务杠杆系数增加，复合杠杆系数变大，从而提高企业复合风险。

三、判断题

1.【答案】 ×

【解析】 在财务管理中，资金结构是指企业各种资金的构成及其比例关系。

所谓最优资金结构是指在一定条件下使企业加权平均资金成本最低、企业价值最大的资金结构。

2. 【答案】√

【解析】在评价投资项目的财务可行性时，项目投资决策的评价指标包括主要指标、次要指标和辅助指标。净现值、内部收益率、净现值率和获利指数属于主要指标；静态投资回收期为次要指标；投资利润率为辅助指标。当静态投资回收期或投资报酬率的评价结论与净现值等主要指标的评价结论发生矛盾时，应当以主要指标的结论为准。

3. 【答案】√

【解析】根据财务管理的理论：①利率升高时，投资者自然会选择安全又有较高收益的银行储蓄，从而大量资金从证券市场中转移出来，造成证券供大于求，价格下跌，反之，利率下调时，证券会供不应求，其价格必然上涨；②利率上升时，企业资金成本增加，利润减少，从而企业派发的股利将减少甚至发不出股利，这会使股票投资的风险增大，收益减少，从而引起股价下跌，反之，当利率下降时，企业的利润增加，派发给股东的股利将增加，从而吸引投资者进行股票投资，引起股价上涨。

4. 【答案】×

【解析】在财务管理中，营运资金又称营运资本，是指流动资产减去流动负债后的差额。企业营运资金越大，风险越小，但收益率也越低；相反，营运资金越小，风险越大，但收益率也越高。

5. 【答案】×

【解析】发放股票股利会因普通股股数的增加而引起每股利润的下降，每股市价有可能因此而下跌。但发放股票股利后股东所持股份比例并未改变，因此，每位股东所持有股票的市场价值总额仍能保持不变。

6. 【答案】√

【解析】责任成本的内部结转又称责任转账，是指在生产经营过程中，对于因不同原因造成的各种经济损失，由承担损失的责任中心对实际发生或发现损失的责任中心进行损失赔偿的账务处理过程。

7. 【答案】×

【解析】根据财务管理的理论，民营企业与政府之间的财务关系体现为一种强制和无偿的分配关系。

8. 【答案】×

【解析】在财务管理中，高收益往往伴有高风险，低收益方案其风险程度往往也较低，究竟选择何种方案，不仅要权衡期望收益与风险，而且还要视决策者对风险的态度而定。对风险比较反感的人可能会选择期望收益较低同时风险也较低的方案，喜欢冒险的人则可能选择风险虽高但同时收益也高的方案。

9.【答案】×

【解析】无面值股票是指股票票面不记载每股金额的股票。无面值股票仅表示每一股在公司全部股票中所占有的比例。也就是说，这种股票只在票面上注明每股占公司全部净资产的比例，其价值随公司财产价值的增减而增减。

10.【答案】√

【解析】根据财务管理的理论，"参加优先股"是指不仅能取得固定股利，还有权与普通股一同参加利润分配的股票。"不参加优先股"是指不能参加剩余利润分配，只能取得固定股利的优先股。

四、计算分析题

1.【答案】

（1）A方案：

① 2004增发普通股股份数＝2000/5＝400（万股）

② 2004年全年债券利息＝2000×8％＝160（万元）

（2）B方案：

2004年全年债券利息＝（2000＋2000）×8％＝320（万元）

（3）① 计算每股利润无差别点：

依题意，列以下方程式：

（EBIT－320）×（1－33％）/8000＝（EBIT－160）×（1－33％）/（8000＋400）

解之得，每股利润无差别点 EBIT＝3520（万元）

② 筹资决策：因为预计的息税前利润4000万元＞每股利润无差别点3520万元，所以应当发行公司债券筹集所需资金。

2.【答案】

（1）计算表中用英文字母表示的项目：

（A）＝－1900＋1000＝－900

（B）＝900－（－900）＝1800

（2）计算或确定下列指标：

① 静态投资回收期：

包括建设期的投资回收期＝3＋900÷1800＝3.5（年）

不包括建设期的投资回收期＝3.5－1＝2.5（年）

② 净现值为1863.3万元

③ 原始投资现值＝1000＋943.4＝1943.3（万元）

④ 净现值率＝1863.3÷1943.4×100％＝95.88％

⑤ 获利指数＝1＋95.88％＝1.9588≈1.96

(3) 评价该项目的财务可行性：

由于，该项目的净现值 1863.3 万元＞0

净现值率 95.88％＞0

获利指数 1.96＞1

包括建设期的投资回收期 3.5 年＞2.5 年

所以，该项目基本上具有财务可行性。

3.【答案】

(1) 经营性现金流入＝36000×10％＋41000×20％＋40000×70％＝39800（万元）

(2) 经营性现金流出＝(8000×70％＋5000)＋8400＋(8000－4000)＋1000＋40000×10％＋1900＝29900（万元）

(3) 现金余缺＝80＋39800－29900－12000＝－2020（万元）

(4) 应向银行借款的最低金额＝2020＋100＝2120（万元）

(5) 4 月末应收账款余额＝41000×10％＋40000×30％＝16100（万元）

4.【答案】

(1) 投资利润率：

① 集团公司投资利润率＝34650÷315000×100％＝11％

② A 投资中心的投资利润率＝10400÷94500×100％＝11.01％

③ B 投资中心的投资利润率＝15800÷145000×100％＝10.90％

④ C 投资中心的投资利润率＝8450÷75500×100％＝11.19％

⑤ 评价：C 投资中心业绩最优，B 投资中心业绩最差。

(2) 剩余收益：

① A 投资中心的剩余收益＝10400－94500×10％＝950（万元）

② B 投资中心的剩余收益＝15800－145000×10％＝1300（万元）

③ C 投资中心的剩余收益＝8450－75500×10％＝900（万元）

④评价：B 投资中心业绩最优，C 投资中心业绩最差。

五、综合题

1.【答案】

(1) 该公司股票的 β 系数为 1.5

(2) 该公司股票的必要收益率＝5％＋1.5×(8％－5％)＝9.5％

（3）甲项目的预期收益率＝（－5％）×0.4＋12％×0.2＋17％×0.4＝7.2％

（4）计算乙项目的内部收益率

$$(IRR-14\%)/4.9468=(15\%-14\%)/(4.9468+7.4202)$$

$$IRR=14.4\%$$

（5）判断是否应当投资于甲、乙项目：

因为甲项目预期收益率7.2％＜该公司股票的必要收益率9.5％，乙项目内部收益率14.4％＞该公司股票的必要收益率9.5％，所以，不应当投资于甲项目，应当投资于乙项目。

（6）A、B两个筹资方案的资金成本：

A筹资方案的资金成本＝12％×（1－33％）＝8.04％

B筹资方案的资金成本＝10.5％＋2.1％＝12.6％

（7）A、B两个筹资方案的经济合理性分析：

因为，A筹资方案的资金成本8.04％＜乙项目内部收益率14.4％，B筹资方案的资金成本12.6％＜乙项目内部收益率14.4％，所以，A、B两个筹资方案在经济上都是合理的。

（8）再筹资后该公司的综合资金成本：

按A方案筹资后的综合资金成本＝10.5％×4000/12000＋（8％×6000/12000＋12％×2000/12000）×（1－33％）＝7.52％

按B方案筹资后的综合资金成本＝（10.5％＋2.1％）×（4000＋2000）/12000＋8％×6000/12000×（1－33％）＝8.98％

（9）根据再筹资后公司的综合资金成本，对乙项目的筹资方案作出决策。

因为，按A方案筹资后的综合资金成本7.52％＜按B方案筹资后的综合资金成本8.98％，故A筹资方案优于B筹资方案。

2.【答案】

（1）2000年年末的所有者权益总额＝1500×125％＝1875（万元）

（2）2003年年初的所有者权益总额＝4000×1.5＝6000（万元）

（3）2003年年初的资产负债率＝4000÷（4000＋6000）×100％＝40％

（4）2003年年末的所有者权益总额＝6000×（1＋150％）＝15000（万元）

2003年年末的负债总额＝0.25×15000÷（1－0.25）＝5000（万元）

（5）2003年年末的产权比率＝5000÷15000＝0.33

（6）2003年所有者权益平均余额＝（6000＋15000）÷2＝10500（万元）

2003年负债平均余额＝（4000＋5000）÷2＝4500（万元）

（7）2003年息税前利润＝1005÷（1－33％）＋4500×10％＝1950（万元）

(8) 2003 年总资产报酬率＝1950÷(10500＋4500)＝13％

(9) 2003 年已获利息倍数＝1950÷4500×10％＝4.33

(10) 2004 年经营杠杆系数＝(1950＋975)÷1950＝1.5

2004 年财务杠杆系数＝1950÷(1950－450)＝1.3

2004 年复合杠杆系数＝1.5×1.3＝1.95

(11) 三年资本平均增长率＝$\left(\sqrt[3]{\dfrac{15000}{1875}}-1\right)\times100\%=100\%$

2005 年全国会计专业技术资格考试
《财务管理》参考答案及解析

一、单项选择题

1.【答案】 B

【解析】 根据财务管理的公式，标准离差率＝标准离差/期望收益率＝0.04/10％＝0.4，风险收益率＝风险价值系数×标准离差率＝0.4×30％＝12％。

2.【答案】 C

【解析】 根据财务管理的理论，按照资金来源渠道不同，可将筹资分为权益筹资和负债筹资。

3.【答案】 C

【解析】 根据公式，实际利率＝5.8％/(1－15％)×100％＝6.8％。

4.【答案】 C

【解析】 在计算优先股成本时，优先股成本＝优先股每年股利/[发行优先股总额×(1－优先股筹资费率)]，其中并未涉及优先股的优先权。

5.【答案】 A

【解析】 每股收益无差别点法就是利用预计的息税前利润与每股收益无差别点的息税前利润的关系进行资金结构决策的。

6.【答案】 C

【解析】 在资金结构调整的方法中，债转股、增发新股偿还债务属于存量调整；发行新债属于增量调整。

7.【答案】 D

【解析】 在财务管理中，根据投资的内容，投资可以分为固定资产投资、无形资产投资、开办费投资、流动资金投资、房地产投资、有价证券投资、期货与期权投资、信托投资、保险投资等。

8.【答案】 B

【解析】 期望投资收益是在投资收益不确定的情况下，按估计的各种可能收益水平及其发生概率计算的加权平均数。

9.【答案】 B

【解析】 投资组合收益率方差的计算公式为 $V_p = W_1^2\sigma_1^2 + W_2^2\sigma_2^2 + 2W_1W_2 \text{COV}(R_1, R_2)$，其中并未涉及单项资产的 β（贝塔）系数。

10.【答案】B

【解析】折旧与摊销属于非付现成本，并不会引起现金流出企业，所以不属于投资项目现金流出量内容。

11.【答案】A

【解析】根据财务管理的理论，主要指标处于可行区间（NPV≥0，NPVR≥0，PI≥1，IRR≥i_c），但是次要或者辅助指标处于不可行区间（PP>$n/2$，PP′>P/2 或 ROI<i），则可以判定项目基本上具备财务可行性。

12.【答案】A

【解析】在财务管理中，证券投资系统性风险包括利息率风险、再投资风险、购买力风险；其余各项属于证券投资的非系统风险。

13.【答案】D

【解析】标准离差率衡量的是证券投资的风险。

14.【答案】B

【解析】根据财务管理的理论，现金支出管理的方法包括：合理利用"浮游量"；推迟支付应付款；采用汇票付款；改进工资支付方式。

15.【答案】C

【解析】根据公式，存货保本储存天数＝（毛利－固定储存费－销售税金及附加）/每日变动储存费，其中并未涉及所得税。

16.【答案】D

【解析】根据财务管理的理论，低正常股利加额外股利政策的优点包括：具有较大的灵活性；既可以在一定程度上维持股利的稳定性，又有利于企业的资金结构达到目标资金结构，是灵活性与稳定性较好地相结合。

17.【答案】A

【解析】根据财务管理理论，股票回购方式包括：在市场上直接购买；向股东标购；与少数大股东协商购买。

18.【答案】A

【解析】在财务管理中，财务费用预算就其本质而言属于日常业务预算，但由于该预算必须根据现金预算中的资金筹措及运用的相关数据来编制，因此将其纳入财务预算范畴。

19.【答案】B

【解析】根据财务管理理论，当利润中心不计算共同成本或不可控成本时，其考核指标是利润中心的边际贡献总额；当利润中心计算共同成本或不可控成本，并采用变动成本法计算成本时，其考核指标是利润中心的边际贡献总额、利润中心负责人可控利润总额、利润中心可控利润总额。

20.【答案】D

【解析】 在分权组织结构下，编制责任预算的程序通常是由下而上、层层汇总。

21.【答案】D

【解析】 流动负债小于流动资产，假设流动资产是 30 万元，流动负债是 20 万元，即流动比率是 1.5，期末以现金 10 万元偿付一笔短期借款，则流动资产变为 20 万元，流动负债变为 10 万元，所以流动比率变为 2（增大）。原营运资金＝30－20＝10 万元，变化后的营运资金＝20－10＝10 万元（不变）。

22.【答案】A

【解析】 根据每股收益的公式可得：

每股收益＝股东权益收益率×平均每股净资产

＝总资产收益率×权益乘数×平均每股净资产

＝主营业务收入净利率×总资产周转率×权益乘数×

平均每股净资产

23.【答案】D

【解析】 在没有通货膨胀的条件下，纯利率是指没有风险情况下的均衡点利率。

24.【答案】A

【解析】 在财务管理中，为协调所有者与债权人之间的矛盾，通常采用的方式是：限制性借债；收回借款或停止借款。

25.【答案】C

【解析】 根据题意，该企业第 5 年末的本利和＝$10000 \times (F/P, 6\%, 10)$＝17908 元。

二、多项选择题

1.【答案】AC

【解析】 根据财务管理理论，净现值的计算方法有：一般方法（公式法、列表法）；特殊方法；插入函数法。

2.【答案】ABCD

【解析】 在财务管理中，契约型基金又称单位信托基金，其当事人包括受益人（投资者）、管理人、托管人。

3.【答案】BC

【解析】 本题考查的是应收账款的功能：促进销售；减少存货。

4.【答案】ABCD

【解析】 根据财务管理理论，公司在制定利润分配政策时应考虑的因素包括：法律因素、股东因素、公司因素、其他因素（债务合同限制、通货膨胀）。

5. 【答案】AD

【解析】现金预算亦称现金收支预算，它是以日常业务预算和特种决策预算为基础编制的。

6. 【答案】ABCD

【解析】在财务管理中，财务控制的要素包括：控制环境、目标设定、事件识别、风险评估、风险应对、控制活动、信息与沟通、监控。

7. 【答案】ABD

【解析】净资产收益率＝主营业务净利率×总资产周转率×权益乘数。根据公式，与净资产收益率密切相关的是主营业务净利率、总资产周转率、权益乘数。

8. 【答案】BCD

【解析】根据财务管理理论，转移风险的对策包括：向专业性保险公司投保；采取合资、联营、增发新股、发行债券、联合开发等措施实现风险共担；通过技术转让、特许经营、战略联盟、租赁经营和业务外包等实现风险转移。进行准确的预测是减少风险的方法。

9. 【答案】ABCD

【解析】在财务管理中，认股权证的基本要素包括：认购数量、认购价格、认购期限和赎回条款。

10. 【答案】ABCD

【解析】根据财务管理理论，导致投资风险产生的原因包括：投资成本的不确定性；投资收益的不确定性；因金融市场变化所导致的购买力风险和利率风险；政治风险和自然灾害；投资决策失误等。

三、判断题

1. 【答案】√

【解析】在财务管理中，市场风险是指影响所有企业的风险，它不能通过投资组合分散掉。

2. 【答案】√

【解析】使用差额投资内部收益率法对固定资产更新改造投资项目进行决策时，当差额投资内部收益率指标大于或等于基准折现率或设定的折现率时，应当进行更新改造；反之，不应当进行更新改造。

3. 【答案】√

【解析】根据财务管理理论，基金收益率用以反映基金增值的情况，它通过基金净资产的价值变化来衡量。

4. 【答案】√

【解析】根据财务管理理论，股票分割的作用包括：降低股票每股市价，促进股票流通和交易；有助于公司并购政策的实施，增加对被并购方的吸引力。

5.【答案】×

【解析】特种决策预算包括经营决策预算和投资决策预算，经营决策预算需要直接纳入日常业务预算体系，同时也将影响现金预算；投资决策预算除个别项目外一般不纳入日常业务预算，但应计入与此有关的现金预算与预计资产负债表中。

6.【答案】√

【解析】在财务管理中，责任转账的目的是为了划清各责任中心的成本责任，使不应承担损失的责任中心在经济上得到合理补偿。

7.【答案】√

【解析】在财务管理中，市盈率是上市公司普通股每股市价相当于每股收益的倍数，它是评价上市公司盈利能力的指标，反映投资者愿意对公司每股净利润支付的价格。

8.【答案】×

【解析】在财务管理中，规避风险的方法包括：拒绝与不守信用的厂商业务往来；放弃可能明显导致亏损的投资项目；新产品在试制阶段发现诸多问题而果断停止试制。合资、联营和联合开发等属于转移风险的措施。

9.【答案】×

【解析】根据财务管理的理论，杠杆收购筹资的一个特点是财务杠杆比率高。

10.【答案】×

【解析】从成熟的证券市场来看，企业筹资的优序模式首先是内部筹资，其次是借款，发行债券、可转换债券，最后是发行新股筹资。

四、计算分析题

1.【答案】

（1）后付等额租金方式下的每年等额租金额＝$50000/(P/A,16\%,5)$＝$50000/3.2743$＝15270（元）

（2）后付等额租金方式下的5年租金终值＝$15270×(F/A,10\%,5)$＝$15270×6.1051$＝93225（元）

（3）先付等额租金方式下的每年等额租金额＝$50000/[(P/A,14\%,4)+1]$＝$50000/(2.9137+1)$＝12776（元）

（4）先付等额租金方式下的5年租金终值＝$12776×(F/A,10\%,5)×(1+10\%)$＝$12776×6.1051×1.1$＝$85799$（元）

（5）因为先付等额租金方式下的5年租金终值小于后付等额租金方式下的5年租金终值，所以应当选择先付等额租金支付方式。

2.【答案】

(1) A 股票的 β 系数为 1.5，B 股票的 β 系数为 1.0，C 股票的 β 系数为 0.5，所以 A 股票相对于市场投资组合的投资风险大于 B 股票，B 股票相对于市场投资组合的投资风险大于 C 股票。

(2) A 股票的必要收益率＝8％＋1.5×（12％－8％）＝14％

(3) 甲种投资组合的 β 系数＝1.5×50％＋1.0×30％＋0.5×20％＝1.15

甲种投资组合的风险收益率＝1.15×（12％－8％）＝4.6％

(4) 乙种投资组合的 β 系数＝3.4％/（12％－8％）＝0.85

乙种投资组合的必要收益率＝8％＋3.4％＝11.4％

(5) 甲种投资组合的 β 系数大于乙种投资组合的 β 系数，说明甲的投资风险大于乙的投资风险。

3.【答案】

(1) 现销与赊销比例为 1∶4，所以现销额＝赊销额/4，即赊销额＋赊销额/4＝4500，解得赊销额＝3600 万元。

(2) 应收账款的平均余额＝日赊销额×平均收账天数

$$＝3600/360×60＝600（万元）$$

(3) 维持赊销业务所需要的资金额＝应收账款的平均余额×变动成本率

$$＝600×50％＝300（万元）$$

(4) 应收账款的机会成本＝维持赊销业务所需要的资金×资金成本率

$$＝300×10％＝30（万元）$$

(5) 应收账款的平均余额＝日赊销额×平均收账天数

即，400＝3600/360×平均收账天数

所以平均收账天数＝40 天。

4.【答案】

(1) 2005 年投资方案所需的自有资金额＝700×60％＝420（万元）

2005 年投资方案所需从外部借入的资金额＝700×40％＝280（万元）

(2) 2004 年度应分配的现金股利＝净利润－2005 年投资方案所需的自有资金额＝900－420＝480（万元）

(3) 2004 年度应分配的现金股利＝上年分配的现金股利＝550（万元）

可用于 2005 年投资的留存收益＝900－550＝350（万元）

2005 年投资需要额外筹集的资金额＝700－350＝350（万元）

(4) 该公司的股利支付率＝550/1000×100％＝55％

2004 年度应分配的现金股利＝55％×900＝495（万元）

(5) 因为公司只能从内部筹资，所以 2005 年的投资需要从 2004 年的净利润中留存 700 万元，所以

2004 年度应分配的现金股利＝900－700＝200（万元）

五、综合题

1.【答案】

(1) 变动资产销售百分比＝（300＋900＋1800）/6000＝50％

变动负债销售百分比＝（300＋600）/6000＝15％

2005 年需要增加的营运资金额＝6000×25％×（50％－15％）＝525（万元）

(2) 2005 年需要增加对外筹集的资金额＝525＋200＋100－6000×（1＋25％）×10％×（1－50％）＝450（万元）

(3) 2005 年末的流动资产＝（300＋900＋1800）×（1＋25％）＝3750（万元）

2005 年末的流动负债＝（300＋600）×（1＋25％）＝1125（万元）

2005 年末的资产总额＝5400＋200＋100＋（300＋900＋1800）×25％＝6450（万元）

[上式中"200＋100"是指长期资产的增加额；"（300＋900＋1800）×25％"是指流动资产的增加额。]

因为题目中说明企业需要增加对外筹集的资金由投资者增加投入解决，所以长期负债不变，即

2005 年末的负债总额＝2700＋1125＝3825（万元）

2005 年末的所有者权益总额＝资产总额－负债总额＝6450－3825＝2625（万元）

(4) 2005 年的速动比率＝速动资产/流动负债×100％

＝（300＋900）×（1＋25％）/[（300＋600）×

（1＋25％）]×100％

＝133.33％

2005 年的产权比率＝负债总额/所有者权益总额×100％

＝3825/2625×100％＝145.71％

(5) 2005 年初的流动资产＝300＋900＋1800＝3000（万元）

2005 年的流动资产周转次数＝6000×（1＋25％）/[（3000＋3750）/2]＝2.22（次）

2005 年的总资产周转次数＝6000×（1＋25％）/[（5400＋6450）/2]＝1.27（次）

(6) 2005 年的净资产收益率＝6000×（1＋25％）×10％/[（1200＋600＋2625）/2]×100％＝33.90％

(7) 2005 年的资本积累率＝[2625－（1200＋600）]/（1200＋600）×100％＝45.83％

2005 年的总资产增长率＝(6450－5400)/5400×100％＝19.44％

2.【答案】

(1) ① 因为 A 方案第三年的累计净现金流量＝30000＋30000＋0－60000＝0，所以该方案包括建设期的静态投资回收期＝3 年。

② 净现值＝折现的净现金流量之和＝30344（元）

(2) 对于 A 方案，由于净现值大于 0，包括建设期的静态投资回收期＝3 年＝6/2，所以该方案完全具备财务可行性；

对于 B 方案，由于净现值大于 0，包括建设期的静态投资回收期为 3.5 年＜8/2，所以该方案完全具备财务可行性；

对于 C 方案，由于净现值大于 0，包括建设期的静态投资回收期为 7 年＞12/2，所以该方案基本具备财务可行性。

(3) C 方案的年等额净回收额＝净现值×(A/P,10％,12)

$$=70000×0.1468=10276（元）$$

(4) 三个方案的最短计算期为 6 年，所以

B 方案调整后的净现值＝年等额回收额×(P/A,10％,6)＝9370×4.3553＝40809（元）

(5) 年等额净回收额法：

A 方案的年等额回收额＝6967（元）

B 方案的年等额回收额＝9370（元）

C 方案的年等额回收额＝10276（元）

因为 C 方案的年等额回收额最大，所以应当选择 C 方案。

最短计算期法：

A 方案调整后的净现值＝30344（元）

B 方案调整后的净现值＝40809（元）

C 方案调整后的净现值＝44755（元）

因为 C 方案调整后的净现值最大，所以应当选择 C 方案。

2006 年全国会计专业技术资格考试
《财务管理》参考答案及解析

一、单项选择题

1.【答案】 A

【解析】 在财务管理中，表外筹资是指不会引起资产负债表中负债与所有者权益发生变动的筹资。经营租赁租入的固定资产不在资产负债表中反映，所以属于表外筹资。其他三种筹资方式都会对资产负债表的负债或所有者权益有影响，属于表内筹资。

2.【答案】 B

【解析】 根据财务管理理论，用认股权证购买普通股票，其价格一般低于市价，这样认股权证就有了价值。

3.【答案】 D

【解析】 本题中权益资金和负债资金的比例为 60：40，由此可以看出企业存在负债，所以存在财务风险；又因为只要企业经营，就会存在经营风险。因此企业同时存在经营风险和财务风险。但是无法根据权益资金和负债资金的比例判断出财务风险和经营风险谁大谁小。

4.【答案】 D

【解析】 本题考核的是等级筹资理论。从成熟的证券市场来看，企业的筹资优序模式首先是内部筹资，其次是借款，发行债券、可转换债券，最后是发行新股筹资。但是由于本题中的企业是在 2005 年年底才设立的，无法利用内部融资方式，所以本题答案选择 D。

5.【答案】 B

【解析】 在财务管理中，按照投资的对象不同，投资可以分为实物投资和金融投资；按照投资行为介入程度，投资可以分为直接投资和间接投资；按照投资的方向不同，投资可以分为对内投资和对外投资；按照经营目标的不同，投资可以分为盈利性投资和政策性投资。因此，将投资区分为实物投资和金融投资所依据的分类标志是投资对象。

6.【答案】 C

【解析】 根据财务管理的规定，当 $\beta=1$，表明单项资产的系统风险与市场投资组合的风险情况一致；当 $\beta>1$，说明单项资产的系统风险大于整个市场投资组合的风险；当 $\beta<1$，说明单项资产的系统风险小于整个市场投资组合的风险。因此，本题应选 C。

7.【答案】C

【解析】根据财务管理的理论，开办费投资不需要分期摊销，而是在投产之日一次全额计入费用。因此，本题中，某年经营成本＝该年的总成本费用（含期间费用)－该年折旧额、无形资产和开办费的摊销额－该年计入财务费用的利息支出＝1000－200－40－60＝700 万元。

8.【答案】A

【解析】根据财务管理理论，直接利用年金现值系数这种计算内部收益率的方法要求的充分条件是：项目的全部投资均于建设起点一次投入，建设期为零，建设起点第 0 期净现金流量等于原始投资的负值；投产后每年净现金流量相等，第 1 至 n 期每期净现金流量为普通年金形式。

9.【答案】B

【解析】在财务管理中，按照证券收益的决定因素不同，可将证券分为原生证券和衍生证券两类。

10.【答案】A

【解析】在财务管理中，企业进行短期债券投资的目的主要是为了合理利用暂时闲置资金，调节现金余额，获得收益。所以本题答案选择 A。

11.【答案】D

【解析】本题中，该企业的应收账款的平均余额＝2000/360×45×60％＝150 万元，应收账款机会成本＝150×8％＝12 万元。

12.【答案】A

【解析】在与存货有关的成本费用中，专设采购机构的基本开支属于固定性进货费用，和订货次数及进货批量无关，属于决策无关成本；采购员的差旅费、存货资金占用费和存货的保险费都和进货次数及进货批量有关，属于决策相关成本。

13.【答案】D

【解析】代理理论认为最优的股利政策应使代理成本和外部融资成本之和最小。

14.【答案】B

【解析】股利支付率是当年发放股利与当年净利润之比，或每股股利除以每股收益。

15.【答案】A

【解析】根据题意，该企业的销售收入百分比＝110/100×100％＝110％；预算利润总额＝110－60×110％－30＝14 万元。

16.【答案】C

【解析】根据财务管理理论，零基预算方法的优点是：①不受现有费用开支水平的限制；②能够调动企业各部门降低费用的积极性；③有助于企业未来发展。零基预算方法的优点正好是增量预算方法的缺点。

17.【答案】B

【解析】在财务管理中，财务控制按控制的手段可分为定额控制和定率控制。

18.【答案】C

【解析】根据财务管理理论，剩余收益指标有两个特点：①体现投入产出关系；②避免本位主义。因此剩余收益指标是既能反映投资中心的投入产出关系，又可使个别投资中心的利益与企业整体利益保持一致的考核指标。

19.【答案】C

【解析】在财务管理中，为满足不同利益主体的需要，协调各方面的利益关系，企业经营者必须对企业经营理财的各个方面，包括营运能力、偿债能力、盈利能力及发展能力的全部信息予以详尽的了解和掌握。

20.【答案】A

【解析】现金流动负债比率是企业一定时期的经营现金净流量与流动负债的比率，它可以从现金流量角度来反映企业当期偿付短期负债的能力。

21.【答案】C

【解析】根据公式，因为，资产负债率＝负债总额/资产总额；权益乘数＝资产总额/权益总额；产权比率＝负债总额/资产总额。所以，资产负债率×权益乘数＝负债总额/资产总额×资产总额/权益总额＝负债总额/权益总额＝产权比率。

22.【答案】A

【解析】根据财务管理理论，广义的投资是指企业将筹集的资金投入使用的过程，包括企业内部使用资金的过程和对外投放资金的过程；狭义的投资仅指对外投资。

23.【答案】D

【解析】本题中，甲公司和乙公司、丙公司是债权债务关系，和丁公司是投资与受资的关系，和戊公司是债务债权关系。因此，选项D为正确答案。

24.【答案】D

【解析】根据财务管理的理论，永续年金持续期无限，没有终止时间，因此没有终值，也就无法计算出确切结果。因此，选项D为正确答案。

25.【答案】B

【解析】根据财务管理的理论，非系统风险又称特定风险，这种风险可以通过投资组合进行分散。

二、多项选择题

1.【答案】BCD

【解析】根据财务管理的理论，差额内部收益率法不能用于项目计算期不同的方案的比较决策。

2.【答案】ABCD

【解析】根据财务管理理论，影响债券收益率的主要因素，有债券的票面利率、期限、面值、持有时间、购买价格和出售价格。另外，债券的可赎回条款、税收待遇、流动性及违约风险等属性也会不同程度地影响债券的收益率。

3.【答案】ABCD

【解析】股东出于对自身利益的考虑，在确定股利分配政策时应考虑的因素有：控制权考虑，避税考虑，稳定收入考虑和规避风险考虑。

4.【答案】CD

【解析】在财务管理中，销售预算和生产预算属于日常业务预算的内容。

5.【答案】ACD

【解析】根据财务管理的理论，财产保全控制具体包括：限制接触财产，定期盘点清查，记录保护，财产保险，财产记录监控。

6.【答案】BCD

【解析】根据财务管理的有关规定，一个健全有效的综合财务指标体系必须具备三个基本要素：指标要素齐全适当；主辅指标功能匹配；满足多方信息需求。

7.【答案】AC

【解析】根据财务管理的有关规定，影响财务管理的主要金融环境因素有金融机构、金融工具、金融市场和利息率等。公司法和税收法规属于企业财务管理法律环境的内容。

8.【答案】ABCD

【解析】根据财务管理的规定，财务管理风险对策包括：规避风险，减少风险，转移风险和接受风险。

9.【答案】ABD

【解析】企业筹资动机可分为四类：设立筹资，扩张筹资，偿债筹资和混合筹资。

10.【答案】AB

【解析】投资组合的 β 系数受到单项资产的 β 系数和各种资产在投资组合中所占的比重两个因素的影响。

三、判断题

1.【答案】×

【解析】根据财务管理理论，在项目投资决策中，净现金流量是指在项目计算期内每年现金流入量与同年现金流出量之间的差额所形成的序列指标。

2.【答案】√

【解析】在财务管理中,利息率风险和购买力风险属于系统风险,对任何证券都有影响。违约风险和破产风险属于非系统风险,由于国债是国家发行的,所以违约风险和破产风险很小。

3.【答案】√

【解析】根据财务管理理论,股票回购可减少流通在外的股票数量,相应提高每股收益,降低市盈率,从而推动股价上升或将股价维持在一个合理水平上。

4.【答案】×

【解析】在编制预计资产负债表时,预计资产负债表中年初数是已知的,不需要根据日常业务预算和专门决策预算的预计数据分析填列。

5.【答案】√

【解析】根据财务管理理论,内部转移价格是指企业内部各责任中心之间进行内部结算和内部责任结转时所使用的计价标准。

6.【答案】√

【解析】在财务管理中,趋势分析法又称水平分析法,是通过对比两期或连续数期财务报告中的相同指标,确定其增减变动的方向、数额和幅度,来说明企业财务状况或经营成果的变动趋势的一种方法。

7.【答案】×

【解析】财务管理环境又称理财环境,是指对企业财务活动和财务管理产生影响作用的企业内外各种条件的统称。

8.【答案】×

【解析】在有关资金时间价值指标的计算过程中,普通年金现值和年资本回收额计算互为逆运算;普通年金终值和年偿债基金计算互为逆运算。

9.【答案】√

【解析】在财务管理中,比率预测法是依据有关财务比率与资金需要量之间的关系,预测资金需要量的方法。

10.【答案】×

【解析】根据财务管理的理论,必要收益=无风险收益+风险收益。

四、计算分析题

1.【答案】

(1) 更新设备比继续使用旧设备增加的投资额=285000-80000=205000(元)

（2）经营期因更新设备而每年增加的折旧＝（205000－5000）/5＝40000（元）

（3）经营期每年因营业利润增加而导致的所得税变动额＝10000×33％＝3300（元）

（4）经营期每年因营业利润增加而增加的净利润＝10000×（1－33％）＝6700（元）

（5）因旧设备提前报废而发生的处理固定资产净损失＝91000－80000＝11000（元）

（6）经营期第1年因旧设备提前报废发生净损失而抵减的所得税额＝11000×33％＝3630（元）

（7）建设期起点的差量净现金流量 $\Delta NCF_0 = -205000$（元）

（8）经营期第1年的差量净现金流量 $\Delta NCF_1 = 6700 + 40000 + 3630 = 50330$（元）

（9）经营期第2～4年每年的差量净现金流量 $\Delta NCF_{2\sim4} = 6700 + 40000 = 46700$（元）

（10）经营期第5年的差量净现金流量 $\Delta NCF_5 = 46700 + 5000 = 51700$（元）

2.【答案】

（1）直接收益率＝1000×10％÷1100≈9.09％

（2）当 $i = 7\%$ 时

$$NPV = 1000 \times 10\% \times (P/A, 7\%, 5) + 1000 \times (P/F, 7\%, 5) - 1100$$
$$= 1000 \times 10\% \times 4.1002 + 1000 \times 0.7130 - 1100$$
$$= 23.02 > 0$$

当 $i = 8\%$ 时

$$NPV = 1000 \times 10\% \times (P/A, 8\%, 5) + 1000 \times (P/F, 8\%, 5) - 1100$$
$$= 1000 \times 10\% \times 3.9927 + 1000 \times 0.6806 - 1100$$
$$= -20.13 < 0$$

到期收益率＝7％＋23.02÷[23.02－（－20.13）]×（8％－7％）≈7.53％

（3）甲企业不应当继续持有 A 公司债券。因为 A 公司债券到期收益率 7.53％小于市场利率 8％。

（4）持有期收益率＝[1000×10％＋（1150－1100）/1]/1100≈13.64％

3.【答案】

（1）A 材料的经济进货批量＝$\sqrt{2 \times 45000 \times 180/20}$＝900（件）

（2）A 材料年度最佳进货批数＝45000/900＝50（次）

（3）A 材料的相关进货成本＝50×180＝9000（元）

（4）A 材料的相关存储成本＝900/2×20＝9000（元）

（5）A 材料经济进货批量平均占用资金＝240×900/2＝108000（元）

4.【答案】

A＝40＋1010－1000＝50

B＝50＋0＝50

C＝0－(－20)＝20

D＝20×6％/4＝0.3

E＝31.3＋19.7＝51

F＝0－0.3－(－90)＝89.7

G＝－20－0.3－(－72.3)＝52

H＝40

I＝40＋5516.3＝5556.3

J＝60

五、综合题

1.【答案】

(1) 分别计算不同条件下的资金成本。

① 新增长期借款不超过 40000 万元时的长期借款成本＝6％×(1－33％)＝4.02％

② 新增长期借款在 40000 万～10000 万元时的长期借款成本＝9％×(1－33％)＝6.03％

③ 增发普通股不超过 120000 万元时的普通股成本＝2/[20×(1－4％)]＋5％≈15.42％

④ 增发普通股超过 120000 万元时的普通股成本＝2/[16×(1－4％)]＋5％≈18.02％

(2) 计算所有筹资总额分界点。

① 新增长期借款不超过 40000 万元时的筹资总额分界点＝40000/40％＝100000 (万元)

② 新增长期借款在 40000 万～100000 万元时的筹资总额分界点＝120000/60％＝200000 (万元)

筹资总额分界点计算表

筹资方式	目标资金结构/%	个别资金成本/%	特定筹资方式的筹资范围/万元	筹资总额分界点/万元	筹资总额的范围/万元
长期借款	40	4.02	0～400000	100000	0～1000000
		6.03	40000～100000	2500000	100000～250000
普通股	60	15.42	0～120000	200000	0～200000
		18.02	大于 120000	—	大于 200000

(3) 2006 年 A 公司最大筹资额＝100000/40％＝250000 (万元)

（4）编制的资金边际成本计算表如下：

资金边际成本计算表

序号	筹资总额范围/万元	筹资方式	目标资金结构	个别资金成本	资金边际成本
1	0～100000	长期借款 普通股	40% 60%	4.02% 15.42%	1.608% 9.252%
			第一范围资金边际成本 10.86%		
2	100000～200000	长期借款 普通股	40% 60%	6.03% 15.42%	2.412% 9.252%
			第二范围资金边际成本 11.66%		
3	200000～250000	长期借款 普通股	40% 60%	6.03% 18.02%	2.412% 10.812%
			第三范围资金边际成本 13.22%		

（5）本项筹资的范围属于第二范围，其资金边际成本为 11.66%。预计内部收益率 13% 大于 11.66%，故应当投资该项目。

2.【答案】

（1）甲方案的建设期为 2 年，经营期为 10 年，项目计算期为 12 年，原始总投资为 1000 万元，资金投入方式为分期分次投入。

（2）① 甲方案不包括建设期的静态投资回收期 $=1000/250=4$（年）

② 包括建设期的静态投资回收期 $=4+2=6$（年）

③ 净现值 $=-800-200\times(P/F,16\%,1)+250\times[(P/A,16\%,11)-(P/A,16\%,2)]+280\times(P/F,16\%,12)=-69.39$（万元）

（3）A＝57；B＝2400（或 2399.63）；C＝0.4；D＝60.59%

计算如下：

$A=100\times0.3+60\times0.4+10\times0.3=57$

$B=(200-140)^2\times0.4+(100-140)^2\times0.6+(0-140)^2\times0=2400$

或 $B=(140\times34.99\%)^2=2399.63$

$C=1-0.4-0.2=0.4$

$D=96.95/160\times100\%=60.59\%$

（4）① 乙方案预期的总投资收益率 $=9\%+10\%=19\%$

② 丙方案预期的总投资收益率 $=9\%+8\%=17\%$

③ 丁方案预期的风险收益率 $=22\%-9\%=13\%$

丁方案投资收益率的标准离差率 $=13\%/10\%\times100\%=130\%$

（5）根据上述四个方案的净现值指标，列表如下：

指 标	甲 方 案	乙 方 案	丙 方 案	丁 方 案
NPV/万元	−69.39	57	140	160
风险收益率	—	10%	8%	13%

从该表中可以看出，因为甲方案的净现值小于零，乙方案、丙方案和丁方案的净现值期望值均大于零，所以甲方案不具备财务可行性，其余三个方案均具有财务可行性。

又因为在乙、丙、丁三个方案中丙方案风险最小，所以 XYZ 公司的决策者从规避风险的角度考虑，应优先考虑选择丙项目。

2007 年全国会计专业技术资格考试
《财务管理》参考答案及解析

一、单项选择题

1.【答案】A

【解析】根据协方差的公式：协方差＝相关系数×一项资产的标准差×另一项资产的标准差＝0.5×0.2×0.4＝0.04。

2.【答案】C

【解析】该公司每年年末存入银行一笔固定金额的款项，符合普通年金的形式，所以计算第 n 年末可以从银行取出的本利和，实际上就是计算普通年金的终值，所以答案选 C。

3.【答案】D

【解析】根据财务管理理论：①第一年流动资金投资额＝第一年的流动资产需用数－第一年流动负债可用数＝100－40＝60 万元；②第二年流动资金需用数＝第二年的流动资产需用数－第二年流动负债可用数＝190－100＝90 万元；③第二年流动资金投资额＝第二年流动资金需用数－第一年流动资金投资额＝90－60＝30 万元。

4.【答案】B

【解析】根据财务管理理论，项目资本金现金流量表的现金流入项目与全部投资现金流量表相同，但是现金流出项目不同，在项目资本金现金流量表的现金流出项目中包括借款归还和借款利息支付，但是在全部投资的现金流量表中没有这两项。

5.【答案】B

【解析】在财务管理中，相对于股票投资而言，债券投资具有以下特点：①投资期限方面，债券有到期日，投资时应考虑期限的影响；②权利义务方面，从投资的权利来说，在各种证券投资方式中，债券投资者的权利最小，无权参与企业的经营管理；③收益与风险方面，债券投资收益通常是事前预定的，收益率通常不及股票高，但具有较强的稳定性，投资的风险较小。所以，选项 B 为正确答案。

6.【答案】A

【解析】根据财务管理理论，该公司每张认股权证的理论价值＝Max[0.5×(30－20)，0]＝5 元。

7.【答案】C

【解析】根据营运资金管理理论，应收账款的成本主要包括机会成本、管理成本、坏账成本。短缺成本是现金和存货的成本。

8.【答案】B

【解析】在营运资金管理中，现金的周转过程主要包括：①存货周转期，是指将原材料转换成产成品并出售所需要的时间；②应收账款周转期，是指将应收账款转换为现金所需要的时间；③应付账款周转期，是指从收到尚未付款的材料开始到现金支出之间所用的时间。

9.【答案】A

【解析】在不考虑筹款限制的前提下，权益资金的资金成本大于负债资金的资金成本，对于权益资金来说，由于普通股筹资方式在计算资金成本时还需要考虑筹资费用，所以其资金成本高于留存收益的资金成本，即发行普通股的资金成本应是最高的。

10.【答案】C

【解析】根据财务管理的规定，按照认股权证认购数量的约定方式，可将认股权证分为备兑认股权证和配股权证。备兑认股权证是每份备兑证按一定比例含有几家公司的若干股股票；配股权证是确认老股东配股权的证书，它按照股东持股比例定向派发，赋予其以优惠价格认购公司一定份数的新股。

11.【答案】C

【解析】在财务管理中，与短期借款筹资相比，短期融资券筹资的特点就是其在筹资过程中的优缺点。短期融资券筹资的优点主要有：筹资成本较低，筹资数额比较大，可以提高企业信誉和知名度。短期融资券筹资的缺点主要有：风险比较大，弹性比较小，发行条件比较严格。

12.【答案】D

【解析】在确定各种资金在总资金中所占的比重时，各种资金价值的确定基础包括三种：账面价值、市场价值和目标价值。

13.【答案】D

【解析】根据财务杠杆系数定义公式可知：财务杠杆系数＝每股收益增长率/息税前利润增长率＝每股收益增长率/10％＝2.5，所以普通股每股收益（EPS）增长率＝25％。

14.【答案】C

【解析】固定股利支付率政策下，股利与公司盈余紧密地配合，能保持股利与收益之间一定的比例关系，体现了多盈多分、少盈少分、无盈不分的股利分配原则。

15.【答案】C

【解析】根据财务管理理论，选项A，支付现金股利不能增加发行在外的普通股股数；选项 B，增发普通股能增加发行在外的普通股股数，但是也会改变公司资本结构；选项 C，股票分割会增加发行在外的普通股股数，而且不会改变公司资本结构；选项 D，股票回购会减少发行在外的普通股股数。因此，正确答案是 C。

16.【答案】A

【解析】在财务管理中，弹性预算又称变动预算或滑动预算，是指以预算期间可能发生的多种业务量水平为基础，分别确定与之相应的费用数额而编制的，能适应多种业务量水平的费用预算。它是固定预算的对称。

17.【答案】C

【解析】现金预算中如果出现了正值的现金收支差额，且超过额定的期末现金余额时，说明企业有现金的剩余，应当采取一定的措施降低现金持有量。单纯从财务预算调剂现金余缺的角度看，选项 A、B、D 均可以减少企业的现金余额，而 C 会增加企业的现金余额，所以不应采用 C 的措施。

18.【答案】C

【解析】内部结算是指企业各责任中心清偿因相互提供产品或劳务所发生的，按内部转移价格计算的债权、债务。

19.【答案】D

【解析】作业成本法，是以作业为基础计算和控制产品成本的方法，又简称 ABC 法。

20.【答案】B

【解析】根据财务管理的有关公式：①资本保值增值率＝扣除客观因素后的年末所有者权益总额/年初所有者权益总额×100％；②技术投入比率＝本年科技支出合计/本年营业收入净额×100％；③总资产增长率＝本年总资产增长额/年初资产总额×100％；④资本积累率＝本年所有者权益增长额/年初所有者权益×100％。所以技术投入比率分子分母使用的都是本年数据。

21.【答案】B

【解析】在财务业绩评价指标中，企业获利能力的基本指标包括净资产收益率和总资产报酬率。营业利润增长率是企业经营增长的修正指标；总资产周转率是企业资产质量的基本指标；资本保值增值率是企业经营增长的基本指标。

22.【答案】D

【解析】根据财务管理的理论，企业财务是指企业在生产经营活动过程中客观存在的资金运动及其所体现的经济利益关系。

23.【答案】A

【解析】根据财务管理的理论，甲公司购买乙公司发行的债券，则乙公司是甲公司的债务人，所以 A 形成的是"本企业与债务人之间财务关系"；选项 B、

C、D形成的是本企业与债权人之间的财务关系。

24.【答案】 B

【解析】 根据财务管理的理论，企业价值最大化目标的优点包括：考虑了资金的时间价值和投资的风险价值；反映了对企业资产保值增值的要求；有利于克服管理上的片面性和短期行为；有利于社会资源的合理配置。

25.【答案】 A

【解析】 如果A、B两只股票的收益率变化方向和变化幅度完全相同，则两只股票的相关系数为1，相关系数为1时投资组合不能降低任何风险，组合的风险等于两只股票风险的加权平均数。

二、多项选择题

1.【答案】 BD

【解析】 在这四种资本结构理论中，净收益理论认为负债程度越高，加权平均资金成本就越低，当负债比率达到100％时，企业价值达到最大，企业的资金结构最优；修正的MM理论认为由于存在税额庇护利益，企业价值会随着负债程度的提高而增加，于是负债越多，企业价值越大。

2.【答案】 ABCD

【解析】 根据财务管理理论，企业进行收益分配应遵循的原则包括依法分配原则、资本保全原则、兼顾各方面利益原则、分配与积累并重原则、投资与收益对等原则。

3.【答案】 ABCD

【解析】 在财务管理中，不超过一年期债券的持有期年均收益率，即债券的短期持有期年均收益率。因此，债券的短期持有期年均收益率＝[债券持有期间的利息收入＋（卖出价－买入价）]／（债券买入价×债券持有年限）×100％，可以看出利息收入、持有时间、卖出价、买入价均是短期持有期年均收益率的影响因素。

4.【答案】 ACD

【解析】 日常业务预算包括销售预算，生产预算，直接材料耗用量及采购预算，应交增值税、销售税金及附加预算，直接人工预算，制造费用预算，产品成本预算，期末存货预算，销售费用预算，管理费用预算。现金预算属于财务预算的内容。

5.【答案】 AB

【解析】 在质量成本项目中，质量成本包括两方面的内容：预防和检验成本、损失成本；预防和检验成本属于不可避免成本；损失成本（包括内部质量损失本和外部质量损失成本）属于可避免成本。

6.【答案】ABC

【解析】根据财务管理的理论，稀释性潜在普通股，是指假设当前转换为普通股会减少每股收益的潜在普通股，主要包括可转换债券、认股权证、股票期权。

7.【答案】ABC

【解析】根据财务管理的理论，影响财务管理的经济环境因素主要包括：经济周期、经济发展水平、宏观经济政策。公司治理结构属于法律环境中公司治理和财务监控的内容。

8.【答案】AB

【解析】根据题意，偿债基金＝年金终值×偿债基金系数＝年金终值/年金终值系数，可以直接或间接利用普通年金终值系数计算出确切结果，所以 A 正确；先付年金终值＝普通年金终值×$(1+i)$＝年金×普通年金终值系数×$(1+i)$，同样可以直接或间接利用普通年金终值系数计算出确切结果，所以 B 正确。选项 C 的计算与普通年金终值系数无关，永续年金不存在终值。

9.【答案】ABCD

【解析】股票投资的技术分析法包括指标法、K 线法、形态法、波浪法。

10.【答案】AC

【解析】在财务管理中，运用成本分析模式确定最佳现金持有量时，只考虑因持有一定量的现金而产生的机会成本及短缺成本，而不予考虑管理费用和转换成本。

三、判断题

1.【答案】×

【解析】根据附权优先认股权的价值计算公式：$M_1-(R \times N+S)=R$，解之可得：$R=(M_1-S)/(N+1)$，可以看出附权优先认股权的价值 R 与新股认购价 S 是反向变动关系。

2.【答案】√

【解析】企业之所以持有一定数量的现金，主要是基于三个方面的动机：交易动机、预防动机和投机动机。

3.【答案】×

【解析】在财务管理中，筹资渠道解决的是资金来源问题，筹资方式解决的是通过何方式取得资金的问题，它们之间存在一定的对应关系。

4.【答案】√

【解析】根据财务管理的理论，引起企业经营风险的主要原因是市场需求和成本等因素的不确定性，经营杠杆本身并不是利润不稳定的根源。但是，经营杠杆扩大了市场和生产等不确定性因素对利润变动的影响。

5.【答案】√

【解析】 在除息日，股票的所有权和领取股息的权利分离，股利权利不再从属于股票，所以在这一天购入公司股票的投资者不能享有已宣布发放的股利。

6.【答案】×

【解析】 在财务预算的编制过程中，资产负债表的编制需要利润表中的数据作为基础，所以应先编制利润表后编制资产负债表。

7.【答案】√

【解析】 根据财务管理的理论，公司治理是有关公司控制权和剩余索取权分配的一套法律、制度以及文化的安排，涉及所有者、董事会和高级执行人员等之间权力分配和制衡关系，这些安排决定了公司的目标和行为，决定了公司在什么状态下由谁来实施控制、如何控制、风险和收益如何分配等一系列重大问题。

8.【答案】×

【解析】 根据财务管理理论，只有证券之间的相关系数为 1 时，组合的风险才等于组合中各个证券风险的加权平均数；如果相关系数小于 1，那么证券组合的风险就小于组合中各个证券风险的加权平均数。

9.【答案】√

【解析】 按照三阶段模型估算的普通股价值＝股利高速增长阶段现值＋股利固定增长阶段现值＋股利固定不变阶段现值。

10.【答案】×

【解析】 根据财务管理理论，完整工业投资项目的运营期某年所得税后净现金流量＝该年息税前利润×（1－所得税税率）＋该年折旧＋该年摊销＋该年回收额－该年维持运营投资＝该年自由现金流量。

四、计算分析题

1.【答案】

（1）A 股票必要收益率＝5%＋0.91×（15%－5%）＝14.1%

（2）B 股票价值＝2.2×（1＋4%）/（16.7%－4%）＝18.02（元）

因为股票的价值 18.02 元高于股票的市价 15 元，所以可以投资 B 股票。

（3）投资组合中 A 股票的投资比例＝1/（1＋3＋6）＝10%

投资组合中 B 股票的投资比例＝3/（1＋3＋6）＝30%

投资组合中 C 股票的投资比例＝6/（1＋3＋6）＝60%

投资组合的 β 系数＝0.91×10%＋1.17×30%＋1.8×60%＝1.52

投资组合的必要收益率＝5%＋1.52×（15%－5%）＝20.2%

（4）本题中资本资产定价模型成立，所以预期收益率等于按照资本资产定价模型计算的必要收益率，即 A、B、C 投资组合的预期收益率大于 A、B、D 投资组合的预期收益率，所以如果不考虑风险大小，应选择 A、B、C 投资组合。

2.【答案】

(1) ① 2006 年 1 月 1 日的基金净资产价值总额＝27000－3000＝24000（万元）

② 2006 年 1 月 1 日的基金单位净值＝24000/8000＝3（元）

③ 2006 年 1 月 1 日的基金认购价＝3＋3×2%＝3.06（元）

④ 2006 年 1 月 1 日的基金赎回价＝3－3×1%＝2.97（元）

(2) 2006 年 12 月 31 日的基金单位净值＝(26789－345)/10000＝2.64（元）

(3) 预计基金收益率＝(3.05－2.64)/2.64×100%＝15.53%

3.【答案】

(1) 单位产品的变动制造费用标准成本＝2×5＝10（元）

(2) 单位产品的固定制造费用标准成本＝2×8＝16（元）

(3) 变动制造费用效率差异＝(21600－12000×2)×5＝－12000（元）

(4) 变动制造费用耗费差异＝(110160/21600－5)×21600＝2160（元）

(5) 固定制造费用耗费差异＝250000－10000×2×8＝90000（元）

(6) 固定制造费用能量差异＝(10000×2－12000×2)×8＝－32000（元）

4.【答案】

(1) 因为产权比率＝负债总额/所有者权益总额＝80%，故

所有者权益总额＝负债总额/80%＝48000/80%＝60000（万元）

(2) 流动资产占总资产的比率＝流动资产/总资产＝40%，故

流动资产＝总资产×40%＝(48000＋60000)×40%＝43200（万元）

流动比率＝流动资产/流动负债×100%＝43200/16000×100%＝270%

(3) 资产负债率＝负债总额/资产总额＝48000/(48000＋60000)×100%＝44.44%

(4) 或有负债金额＝500＋2000＋200＋300＝3000（万元）

或有负债比率＝3000/60000×100%＝5%

(5) 带息负债金额＝2000＋4000＋12000＋20000＝38000（万元）

带息负债比率＝38000/48000×100%＝79.17%

五、综合题

1.【答案】

(1) ① 该年付现的经营成本＝40＋23＋5＝68（万元）

② 该年营业税金及附加＝10.2×（7％＋3％）＝1.02（万元）

③ 该年息税前利润＝100－1.02－80＝18.98（万元）

④ 该年调整所得税＝18.98×33％＝6.26（万元）

⑤ 该年所得税前净现金流量＝18.98＋12＝30.98（万元）

（2）① 建设投资＝100＋30＝130（万元）

② 无形资产投资＝130－105＝25（万元）

③ 流动资金投资＝20＋20＝40（万元）

④ 原始投资＝130＋40＝170（万元）

⑤ 项目总投资＝170＋5＝175（万元）

⑥ 固定资产原值＝105＋5＝110（万元）

⑦ 运营期 1～10 年每年的折旧额＝（110－10）/10＝10（万元）

⑧ 运营期 1～5 年每年的无形资产摊销额＝25/5＝5（万元）

⑨ 运营期末的回收额＝40＋10＝50（万元）

⑩ 包括建设期的静态投资回收期＝5＋|－6.39|/46.04＝5.14（年）

不包括建设期的静态投资回收期＝5.14－1＝4.14（年）

（3）NCF_3＝36.64＋10＋5＝51.64（万元）

NCF_{11}＝41.64＋10＋50＝101.64（万元）

（4）① 净现值＝－120＋24.72×[（P/A，10％，11）－（P/A，10％，1）]＝

－120＋24.72×（6.4951－0.9091）＝18.09（万元）

② 不包括建设期的回收期＝120/24.72＝4.85（年）

③ 包括建设期的回收期＝4.85＋1＝5.85（年）

（5）A 方案净现值＝18.09（万元）＞0

包括建设期的静态投资回收期＝5.85＞11/2＝5.5（年）

故 A 方案基本具备财务可行性。

B 方案净现值＝92.21（万元）＞0

包括建设期的静态投资回收期＝5.14＜11/2＝5.5（年）

故 B 方案完全具备财务可行性。

2.【答案】

（1）首先判断高低点，因为本题中 2006 年的销售收入最高，2002 年的销售收入最低，所以高点是 2006 年，低点是 2002 年。

① 每元销售收入占用现金＝（750－700）/（12000－10000）＝0.03

② 销售收入占用不变现金总额＝700－0.03×10000＝400（万元）[或＝750－0.03×12000＝400（万元）]

（2）总资金需求模型

① 根据表 5 中列示的资料可以计算总资金需求模型中：

$a = 1000 + 570 + 1500 + 4500 - 300 - 390 = 6880$

$b = 0.05 + 0.14 + 0.25 - 0.1 - 0.03 = 0.31$

所以总资金需求模型为：$y = 6880 + 0.31x$

② 2007 年资金需求总量 $= 6880 + 0.31 \times 20000 = 13080$（万元）

③ 2007 年需要增加的资金 $= 6880 + 0.31 \times 20000 - 12000 = 1080$（万元）

2007 年外部筹资量 $= 1080 - 100 = 980$（万元）

（3）① 2007 年预计息税前利润 $= 15000 \times 12\% = 1800$（万元）

② 增发普通股方式下的股数 $= 300 + 100 = 400$（万股）

增发普通股方式下的利息 $= 500$（万元）

增发债券方式下的股数 $= 300$（万股）

增发债券方式下的利息 $= 500 + 850 \times 10\% = 585$（万元）

每股收益无差别点的 EBIT $= (400 \times 585 - 300 \times 500)/(400 - 300) = 840$（万元）

或者可以通过列式解方程计算：

$(\text{EBIT} - 500) \times (1 - 33\%)/400 = (\text{EBIT} - 585) \times (1 - 33\%)/300$

解得：$\text{EBIT} = 840$（万元）

③ 由于 2007 年息税前利润 1800 万元大于每股收益无差别点的息税前利润 840 万元，故应选择方案 2（发行债券）筹集资金，因为此时选择债券筹资方式可以提高企业的每股收益。

④ 增发新股的资金成本 $= 0.5 \times (1 + 5\%)/8.5 + 5\% = 11.18\%$

2008 年全国会计专业技术资格考试
《财务管理》参考答案及解析

一、单项选择题

1.【答案】 B

【解析】 所谓速动资产，是指流动资产减去变现能力较差且不稳定的存货、预付账款、一年内到期的非流动资产和其他流动资产等之后的余额。

2.【答案】 D

【解析】 财务业绩定量评价指标是指对企业一定期间的获利能力、资产质量、债务风险和经营增长等四方面进行定量对比分析和评判。

3.【答案】 A

【解析】 狭义的分配仅指对企业净利润的分配。企业与投资者之间的财务关系，主要是企业的投资者向企业投入资金，企业向其投资者支付报酬所形成的经济关系。

4.【答案】 D

【解析】 为协调所有者与债权人的矛盾，通常可以采用的方式包括：①限制性借债，即在借款合同中加入某些限制性条款，如规定借款的用途、借款的担保条件和借款的信用条件等；②收回借款或停止借款，即当债权人发现公司有侵蚀其债权价值的意图时，采取收回债权和不给予公司增加放款，从而来保护自身的权益。

5.【答案】 B

【解析】 选项 A，实际收益率表示已经实现的或者确定可以实现的资产收益率，表述为已实现的或确定可以实现的利（股）息率与资本利得收益率之和；选项 C，预期收益率也称为期望收益率，是指在不确定的条件下，预测的某资产未来可能实现的收益率；选项 D，无风险收益率也称无风险利率，它是指可以确定可知的无风险资产的收益率，它的大小由纯粹利率（资金的时间价值）和通货膨胀补贴两部分组成。

6.【答案】 D

【解析】 根据人们的效用函数的不同，可以按照其对风险的偏好分为风险回避者、风险追求者和风险中立者。风险回避者的态度是：当预期收益率相同时，风险回避者都会偏好于具有低风险的资产；而对于同样风险的资产，他们则都会钟情于具有高预期收益的资产。风险追求者的原则是：当预期收益相同时，选择风险大的，因为这会给他们带来更大的效用。风险中立者既不回避风险，也不主动追求风险。他们选择资产的唯一标准是预期收益的大小，而不管风险状况如何，这是因为所有预期收益相同的资产将给他们带来同样的效用。

7.【答案】 A

【解析】 偿债基金系数与年金终值系数互为倒数，故 $A = F(A/F, 10\%, 5)$ $= 100000/6.1051 = 16379.75$ 元。

8.【答案】 C

【解析】 预计未来一段时间股利高速增长，接下来的时间正常固定增长或者固定不变，则可以分别计算高速增长、正常固定增长、固定不变等各阶段未来收益的现值，各阶段限值之和就是非固定增长股利的股票价值。这属于三阶段模型。

9.【答案】 B

【解析】 完整工业投资项目的现金流入量包括：营业收入、补贴收入、回收固定资产余值和回收流动资金。完整工业投资项目的现金流出量包括：建设投资、流动资金投资、经营成本、营业税金及附加、维持运营投资和调整所得税。

10.【答案】 A

【解析】 选项 A，净现值法是指通过比较所有已具备财务可行性投资方案的净现值指标的大小来选择最优方案的方法，适用于原始投资相同且项目计算期相等的多方案比较决策。选项 B，方案重复法属于计算期统一法的一种，是对计算期不相等的多个互斥方案，按照其计算期的最小公倍数作为比较方案的计算期，进而调整有关指标，并据此进行多方案比较决策的一种方法。选项 C，年等额净回收额法是指通过比较所有投资方案的年等额净回收额指标的大小来选择最优方案的决策方法，适用于原始投资不同、特别是项目计算期不同的多方案比较决策。选项 D，最短计算期法是指在将所有方案的净现值均还原为等额年回收额的基础上，再按照最短的计算期来计算出相应净现值，进而根据调整后的净现值指标进行多方案比较决策的一种方法。

11.【答案】 D

【解析】 按照证券发行主体的不同，可分为政府证券、金融证券和公司证券。按照证券所体现的权益关系，可分为所有权证券和债权证券。

12.【答案】 C

【解析】 选项 A，契约型基金又称为单位信托基金，是指把受益人（投资者）、管理人、托管人三者作为基金的当事人，由管理人与托管人通过签订信托契约的形式发行受益凭证而设立的一种基金。选项 B，公司型基金是指按照公司法以公司形态组成的，它以发行股份的方式募集资金，一般投资者购买该公司的股份即为认购基金，也就成为该公司的股东，凭其持有的基金份额依法享有投资收益。选项 D，开放式基金是指基金的发起人在设立基金时，基金单位的总数是不固定的，可视经营策略和发展需要追加发行。

13.【答案】 A

【解析】 信用标准是客户获得企业商业信用所应具备的最低条件，是企业评价客户等级，决定给予或拒绝客户信用的依据。

14.【答案】 B

【解析】

$$应收账款收现保证率 = \frac{当期必要现金支付总额 - 当期其他稳定可靠的现金流入总额}{当期应收账款总计金额}$$

$$= \frac{2000 - 500 - 500}{2000} \times 100\% = 50\%$$

15.【答案】 B

【解析】 短期认股权证的认股期限一般在 90 天以内；长期认股权证认股期限通常在 90 天以上，更有长达数年或永久。

16.【答案】 C

【解析】 贴现法是银行向企业发放贷款时，先从本金中扣除利息部分，在贷款到期时借款企业再偿还全部本金的一种计息方法。

17.【答案】 C

【解析】

$$筹资总额分界点 = \frac{某种筹资方式的成本分界点}{目标资金结构中该种筹资方式所占的比重}$$

$$= \frac{20000}{40\%} = 50000$$

18.【答案】 B

【解析】 选项 A，代理理论认为企业资本结构会影响经理人员的工作水平和其他行为选择，从而影响企业未来现金流入和企业市场价值。选项 B，净收益理论认为利用债务可以降低企业的综合资金成本。选项 C，净营业收益理论认为资本结构与企业的价值无关，决定企业价值高低的关键要素是企业的净营业收益。选项 D，等级筹资理论认为：首先，外部筹资的成本不仅包括管理和证券承销成本，还包括不对称信息所产生的"投资不足效应"而引起的成本；其次，债务筹资优于股权投资；最后，由于非对称信息的存在，企业需要保留一定的负债容量以便有利可图的投资机会来临时可发行债券，避免以过高的成本发行新股。

19.【答案】 C

【解析】 确定收益分配政策时应考虑的因素有：①法律因素，包括资本保全约束、偿债能力约束、资本积累约束、超额累积利润约束等；②公司因素，包括现金流量、投资需求、筹资能力、资产的流动性、盈利的稳定性、筹资成本、股利政策惯性、其他因素等；③股东因素，包括稳定的收入、控制权、税赋、投资机会等；④债务契约与通货膨胀。

20.【答案】D

【解析】选项 A，现金股利是以现金支付的股利，它是股利支付的最常见的方式。选项 B，股票股利是公司以增发股票的方式所支付的股利，我国实务中通常也称其为"红股"。选项 C，财产股利是以现金以外的其他资产支付的股利，主要是以公司所拥有的其他公司的有价证券，如公司债券、公司股票等，作为股利发放给股东。选项 D，负债股利是以负债方式支付的股利，通常以公司的应付票据支付给股东，有时也以发行公司债券的方式支付股利。

21.【答案】D

【解析】财务预算是一系列专门反映企业未来一定预算期内预计财务状况和经营成果，以及现金收支等价值指标的各种预算的总称，具体包括现金预算、财务费用预算、预计利润表、预计利润分配表和预计资产负债表等内容。

22.【答案】A

23.【答案】B

【解析】现金预算亦称现金收支预算，它是以日常业务预算和特种决策预算为基础所编制的反映现金收支情况的预算。

24.【答案】C

【解析】财务控制是指按照一定的程序与方法，确保企业及其内部机构和人员全面落实和实现财务预算的过程。财务控制是内部控制的一个重要组成部分，是内部控制的核心，是内部控制在资金和价值方面的体现。

25.【答案】C

【解析】选项 A，市场价格是根据产品或劳务的市场价格作为基价的价格。选项 B，协商价格也可称为议价，是企业内部各责任中心以正常的市场价格为基础，通过定期共同协商所确定的为双方所接收的价格。选项 C，双重价格就是针对各责任中心各方面分别采用不同的内部转移价格所制订的价格。选项 D，成本转移价格就是以产品或劳务的成本为基础而制订的内部转移价格。

二、多项选择题

1.【答案】ABCD

2.【答案】ABC

【解析】选项 A，劳动效率 $= \dfrac{营业收入或净产值}{平均职工人数}$；选项 B，应收账款周转率

（周转次数）$=\dfrac{营业收入}{平均应收账款余额}$；选项 C，总资产报酬率$=\dfrac{息税前利润总额}{平均资产总额}\times100\%$；

选项 D，应收账款周转期（周转天数）$=\dfrac{平均应收账款余额\times360}{营业收入}$。

3.【答案】 ACD

【解析】 以企业价值最大化作为财务管理的目标，其优点主要表现在：①该目标考虑了资金的时间价值和风险价值，有利于统筹安排长短期规划、合理选择投资方案，有效筹措资金、合理制订股利政策等；②该目标反映了企业资产保值增值的要求，从某种意义上说，股东财富越多，企业市场价值就越大，追求股东财富最大化的结果可促使企业资产保值或增值；③该目标有利于克服管理上的片面性和短期行为；④该目标有利于社会资源合理配置。

4.【答案】 ABD

【解析】 衡量风险的指标主要有收益率的方差、标准差和标准离差率等。这些都是表示离散程度的指标。期望值是一个数值型指标，不能反映风险。

5.【答案】 CD

【解析】 选项 A 和 B 是即付年金现值系数。

6.【答案】 AC

【解析】 如果某一投资方案的所有评价指标均处于可行区间，即同时满足以下条件时，则可以断定该投资方案无论从哪个方面看都具备财务可行性，或完全具备可行性：①净现值 NPV$\geqslant0$；②净现值率$\geqslant0$；③获利指数 PI$\geqslant1$；④内部收益率 IRR$\geqslant$基准折现率 i_c；⑤包括建设期的静态投资回收期 PP$\leqslant n/2$（即项目计算期的一半）；⑥不包括建设期的静态投资回收期 PP$'\leqslant p/2$（即运营期的一半）；⑦投资收益率 ROI$\geqslant$基准投资收益率 i（事先给定）。本题中，由于净现值 NPV>0，故所有条件均不含等于。

7.【答案】 ABC

【解析】 从规避投资风险的角度，债券投资组合的主要形式有：①浮动利率债券与固定利率债券组合；②短期债券与长期债券组合；③政府债券、金融债券与企业债券组合；④信用债券与担保债券组合等。

8.【答案】 ABC

【解析】 影响资本结构的因素包括：①企业财务状况；②企业资产结构；③企业产品销售情况；④投资者和管理人员的态度；⑤贷款人和信用评级机构的影响；⑥行业因素；⑦所得税税率的高低；⑧利率水平的变动趋势。

9.【答案】 BCD

【解析】 某种产品预计生产量＝预计销售量＋预计期末存货量－预计期初存货量。

10.【答案】ABCD

【解析】内部控制制度设计原则有：①合法性原则；②全面性原则；③重要性原则；④有效性原则；⑤制衡性原则；⑥合理性原则；⑦适应性原则；⑧成本效益原则。

三、判断题

1.【答案】√

2.【答案】×

【解析】资本保值增值率是企业扣除客观因素后的本年末所有者权益总额与年初所有者权益总额的比率，反映企业当年资本在企业自身努力下的实际增减变动情况。

3.【答案】×

【解析】一般来讲，随着资产组合中资产个数的增加，资产组合的风险会逐渐降低，但资产的个数增加到一定程度时，资产组合的风险程度将趋于平稳，这时组合风险的降低将非常缓慢直到不再降低。

4.【答案】×

【解析】在折现期间不变的情况下，折现率越高，折现系数则越小，因此，未来某一款项的现值越小。

5.【答案】×

【解析】固定资产投资是所有类型的项目投资在建设期必然会发生的现金流出量，而不是运营期。

6.【答案】√

【解析】由于套利行为的存在，认股权证的实际价值通常高于其理论价值。

7.【答案】×

【解析】邮政信箱法缩短了支票邮寄在企业的停留时间，但成本较高。银行业务集中法缩短了现金从客户到企业的中间周转时间，但在多处设立收账中心，增加了相应的费用支出。

8.【答案】√

【解析】预测年利息率下降时，如果提前赎回债券，而后以较低的利率来发行新债券，可以降低利息费用，对企业有利。

9.【答案】√

【解析】如果销售具有较强的周期性，则企业将冒较大的财务风险，所以，不宜过多采取负债筹资。

10.【答案】√

四、计算分析题

1.【答案】

(1) ① 证券投资组合的预期收益率 $=10\%\times80\%+18\%\times20\%=11.6\%$

② A 证券的标准差 $=\sqrt{0.0144}=12\%$

③ B 证券的标准差 $=\sqrt{0.04}=20\%$

④ A 证券与 B 证券的相关系数 $=0.0048/(0.12\times0.2)=0.2$

⑤ 证券投资组合的标准差

$$=\sqrt{0.12\times0.12\times80\%\times80\%+2\times80\%\times20\%\times0.0048+0.2\times0.2\times20\%\times20\%}$$
$$=11.11\%$$

或

$$=\sqrt{0.12\times0.12\times80\%\times80\%+2\times80\%\times20\%\times0.2\times0.2\times0.12+0.2\times0.2\times20\%\times20\%}$$
$$=11.11\%$$

(2) ① 相关系数的大小对投资组合收益率没有影响。

② 相关系数的大小对投资组合的风险有影响，相关系数越大，投资组合的风险越大。

2.【答案】

(1) 该债券的理论价值 $=1000\times8\%\times(P/A,10\%,3)+1000\times(P/F,10\%,3)$
$$=950.25（元）$$

(2) $940=1000\times8\%\times(P/A,i,3)+1000\times(P/F,i,3)$

当 $i=12\%$ 时，$1000\times8\%\times(P/A,i,3)+1000\times(P/F,i,3)=903.94（元）$

利用内插法可得：$\dfrac{940-903.94}{950.25-903.94}=\dfrac{i-12\%}{10\%-12\%}$

解得：$i=10.44\%$

(3) ① 持有期收益率 $=(60+965-940)/940\times100\%=9.04\%$

② 持有期年均收益率 $=9.04\%/(9/12)=12.05\%$

3.【答案】

(1) ① 固定资产投资金额 $=1000（万元）$

② 运营期每年新增息税前利润 $=$ 所得税前净现金流量 $-$ 新增折旧
$$=200-100=100（万元）$$

③ 不包括建设期的静态投资回收期 $=1000/200=5（年）$

(2) 可以通过净现值法来进行投资决策，净现值法适用于原始投资相同且项目计算期相等的多方案比较决策，本题中 A 方案的原始投资额是 1000 万元，B 方案的原始投资额也是 1000 万元，所以可以使用净现值法进行决策。

（3）本题可以使用净现值法进行决策，因为 B 方案的净现值 273.42 万元大于 A 方案的净现值 180.92 万元，因此应该选择 B 方案。

4. 【答案】

（1）最佳现金持有量 $= \sqrt{\dfrac{2 \times 360000 \times 300}{6\%}} = 60000$ （元）

（2）最低现金管理相关总成本 $= 60000/2 \times 6\% + 360000/60000 \times 300$
$$= 3600（元）$$

或 $= \sqrt{2 \times 360000 \times 300 \times 6\%} = 3600$ （元）

全年现金转换成本 $= 360000/60000 \times 300 = 1800$ （元）

全年现金持有机会成本 $= 60000/2 \times 6\% = 1800$ （元）

（3）有价证券交易次数 $= 360000/60000 = 6$ （次）

有价证券交易间隔期 $= 360/6 = 60$ （天）

五、综合题

1. 【答案】

（1）① 市盈率 $= 25/2 = 12.5$

② 甲公司股票的贝塔系数 $= 1$

③ 甲公司股票的必要收益率 $= 4\% + 1.05 \times 6\% = 10.3\%$

（2）① 购买 1 股新股票需要的认股权数 $= 4000/1000 = 4$

② 登记日前附权优先认股权价值 $= (25 - 18)/(4 + 1) = 1.4$ （元）

③ 无优先认股权的股票价格 $= 25 - 1.4 = 23.6$ （元）

（3）留存收益筹资成本 $= 1.15/23 + 5\% = 10\%$

（4）① 普通股股数 $= 4000 \times (1 + 10\%) = 4400$ （万股）

② 股本 $= 4400 \times 1 = 4400$ （万元）

资本公积 $= 500$ （万元）

留存收益 $= 9500 - 400 = 9100$ （万元）

（5）① 净利润 $= 4000 \times 2 = 8000$ （万元）

② 每股收益 $= 8000/(4000 - 800) = 2.5$ （元）

③ 每股市价 $= 2.5 \times 12.5 = 31.25$ （元）

2. 【答案】

（1）负债合计 $= 3750 + 11250 + 7500 + 7500 = 30000$ （万元）

股东权益合计＝15000＋6500＝21500（万元）

产权比率＝30000/21500×100％＝139.53％

带息负债比率＝(3750＋7500)/30000×100％＝37.5％

（2）① 变动资产销售百分比＝(10000＋6250＋15000)/62500×100％＝50％

② 变动负债销售百分比＝(11250＋7500)/62500×100％＝30％

③ 需要增加的资金数额＝(75000－62500)×(50％－30％)＋2200

＝4700（万元）

④ 留存收益增加提供的资金＝75000×12％×(1－50％)＝4500（万元）

外部筹资额＝4700－4500＝200（万元）

（3）净现值

＝300×(P/A，10％，4)＋400×(P/A，10％，4)×(P/F，10％，4)＋400×(P/F，10％，9)＋600×(P/F，10％，10)－2200

＝300×3.1699＋400×3.1699×0.6830＋400×0.4241＋600×0.3855－2200

＝17.93（万元）

（4）债券的资金成本＝1000×10％×(1－25％)/[1100×(1－2％)]＝6.96％

2009 年《财务管理》全真模拟题（一）参考答案及解析

一、单项选择题

1.【答案】 D

【解析】 到期持有期年均收益率＝[100×6％×5＋(100−105)]/(105×0.5)×100％＝47.62％。

2.【答案】 A

【解析】 在期望值不同的情况下，标准差不能说明风险大小，标准离差率越大，风险越大。V_A＝10％/5％＝2；V_B＝19％/10％＝1.9。

3.【答案】 C

4.【答案】 A

【解析】 当投资组合 β＝1 时，表示该组合的收益率与市场平均收益率呈相同比例的变化，其风险情况与市场投资组合的风险情况一致。

5.【答案】 D

【解析】 本题的考点是相关系数的运用。当相关系数为−1 时，称之为完全负相关，即两项资产收益率的变化方向与变化幅度完全相反，表现为此增彼减，可以完全抵消全部投资风险。

6.【答案】 A

【解析】 无风险收益率＝时间价值＋通货膨胀补偿率。无风险收益率要满足两个条件，一是没有违约风险，二是不存在再投资收益的不确定。只有短期国债能同时满足条件。

7.【答案】 C

【解析】 对于股票上市企业来说，虽可通过股票价格的变动揭示企业价值，但股价是受多种因素影响的结果，特别在即期市场上的股价不一定能够直接揭示企业的获利能力，只有长期趋势才能做到这一点，所以本题的正确答案是 C。

8.【答案】 A

【解析】 已知：P＝8000，A＝2000，i＝10％

P＝2000×(P/A, 10％, n)

则：8000＝2000×(P/A, 10％, n)，(P/A, 10％, n)＝8000÷2000＝4

查普通年金现值表：$(P/A，10\%，5)=3.7908$，$(P/A，10\%，6)=4.3553$

利用插补法可知：$\dfrac{n-5}{6-5}=\dfrac{4-3.7908}{4.3553-3.7908}$

解得 $n=5.4$，因此，答案是 A。

9.【答案】 A

【解析】 内部收益率、净现值率和获利指数都运用了净现金流量的概念，它们都充分地考虑了资金时间价值。而投资收益率指标，没有反映净现金流量的概念，它使用的是利润指标，没有考虑资金的时间价值。

10.【答案】 A

【解析】 第一年所需流动资金=40−10=30 万元，首次流动资金投资额=30−0=30 万元，第二年所需流动资金=60−20=40 万元，第二年流动资金投资额=本年流动资金需用额−上年流动资金需用额=40−30=10 万元，流动资金投资合计=30+10=40 万元。

11.【答案】 C

【解析】 标准离差率可以用来衡量风险大小，但其本身不是收益率，标准离差率乘以风险价值系数为风险收益率。

12.【答案】 C

【解析】 建设投资=固定资产投资+无形资产投资+其他资产投资=100+20+0=120 万元

原始投资=建设投资+流动资金投资=120+30=150 万元

项目总投资=原始投资+资本化利息=150+10=160 万元

固定资产原值=固定资产投资+资本化利息=100+10=110 万元

13.【答案】 C

【解析】 股票间的相关程度会影响非系统风险的分散情况，当两种股票完全负相关时，可降低所有非系统性风险，两种股票完全正相关时，不能抵消任何风险。

14.【答案】 C

【解析】 如果临时性流动负债=临时性流动资产，为平稳型资金组合策略；如果临时性流动负债>临时性流动资产，为积极型资金组合策略；如果临时性流动负债<临时性流动资产，为保守型资金组合策略。

15.【答案】 B

【解析】 企业与受资者的财务关系体现所有权性质的投资与受资的关系，企业与政府间的财务关系体现为强制和无偿的分配关系，企业与债权人之间的财务关系属于债务与债权关系，所以，ACD 正确；而企业与职工之间的财务关系体现的是职工个人和集体在劳动成果上的分配关系，所以 B 不对。

16.【答案】B

【解析】本题的考核点是永续年金。$P=20000/10\%=200000$ 元。

17.【答案】A

【解析】乙方案的净现值率为 -15%，不可行。丁方案的内部收益率为 10%，小于折现率 12%，也不可行。甲方案的年等额净回收额 $=1000\times(A/P,12\%,10)=177$ 万元，大于丙方案的年等额净回收额，所以选 A。

18.【答案】D

【解析】直接人工价格差异（工资率差异）$=(360000/9000-180/4)\times9000=-45000$ 元。

19.【答案】D

【解析】主要依靠股利维持生活的股东和养老基金管理人都希望公司能多派发股利。剩余股利政策是在公司有着良好的投资机会时，根据一定的目标资金结构，测算出投资所需的权益资本，先从盈余当中留用，然后将剩余的盈余作为股利予以分配，这意味着就算公司有盈利，公司也不一定会分配股利。而在其他几种股利政策下，在公司盈利时股东一般都能获得股利收入，因此，剩余股利政策是依靠股利维持生活的股东和养老基金管理人最不赞成的公司股利政策。

20.【答案】B

【解析】该公司投资收益率 $=(5+500\times12\%)\div500=13\%$。

21.【答案】D

【解析】从债权人的立场上看，他们希望债务比越低越好，企业偿债有保证，贷款不会有太大风险，所以选项 D 不正确。

22.【答案】B

【解析】现金的成本分析模式要求机会成本与短缺成本之和最小；现金管理的存货模式要求机会成本与转换成本之和最低。所以，管理成本与现金持有量无关。

23.【答案】B

【解析】加权平均资金成本 $=40\%\times12\%+8\%\times(1-25\%)\times60\%\times35\%+9\%\times(1-25\%)\times60\%\times65\%=8.69\%$，方案的预期收益率不低于加权平均资金成本时，可以接受。

24.【答案】C

【解析】尽管现金比率提高有利于增强短期偿债能力，但是企业不可能也无必要保留过多的现金类资产。如果这类资产过高，就意味着企业流动负债未能得到合理的运用，所以过度提高现金比率，将会导致企业机会成本增加。

25.【答案】B

【解析】只要在企业的筹资方式中有固定支出的债务或优先股，就存在财务杠杆的作用。所以，如果企业的资金来源全部为自有资金，且没有优先股存在，则企业财务杠杆系数就等于1。

二、多项选择题

1.【答案】ABC

【解析】本题考核的是"法律环境"的知识点。股份有限公司相对于其他企业而言，优点是：有限责任、永续存在、可转让性、易于筹资。收益重复纳税是股份有限公司的缺点。

2.【答案】ABD

【解析】所有者总是希望经营者尽力增加企业价值，所以选项C不对。

3.【答案】ABCD

【解析】本题的考点是内部收益率指标的运用。内部收益率是个折现的相对量正指标，采用这一指标的决策标准是将所测算的各方案的内部收益率与其资金成本对比。如果投资方案的内部收益率大于其资金成本，该方案为可行方案；如果投资方案的内部收益率小于其资金成本，为不可行方案。如果几个投资方案的内部收益率均大于其资金成本，但各方案的投资额不等，其决策标准应是比较"投资额×（内部收益率－资金成本）"，结果最大的方案为最优方案。内部收益率法的优点是非常注重资金的时间价值，能从动态的角度直接反映投资项目的实际水平，且不受行业基准收益率高低的影响，比较客观。但指标的计算过程较复杂，当经营期大量追加投资时，有可能IRR出现偏高或偏低，缺乏实际意义。

4.【答案】ABC

【解析】账面价值权数反映过去，不符合市场价值，不利于预测和决策；市场价值权数反映现在，但市场价格频繁变动；目标价值权数反映未来，但很难客观确定证券目标价值，不易推广。这三个权数均可用来计算加权平均资本成本。

5.【答案】ACD

【解析】原始投资通常发生在建设初期。

6.【答案】ABCD

【解析】期权投资可考虑的投资策略主要有：①买进认购期权（看涨期权）；②买进认售期权（看跌期权）；③买进认售期权同时买入期权标的物；④买进认购期权同时卖出一定量期权标的物；⑤综合多头；⑥综合空头。

7.【答案】AC

【解析】应收账款转让筹资的优点主要有：①及时回笼资金，避免企业因赊销造成的现金流量不足；②节省收账成本，降低坏账损失风险，有利于改善企业的财务状况，提高资产的流动性。应收账款转让筹资的缺点主要有：①筹资成本较高；②限制条件较多。

8.【答案】 AB

【解析】 本题考核递延年金现值的计算。

递延年金现值 $= A \times (P/A, i, n-s) \times (P/F, i, s) = A \times [(P/A, i, n) - (P/A, i, s)]$（$s$：递延期；$n$：总期数）

9.【答案】 AC

【解析】 选项 B 中发生可行性分析费用 10 万元是沉没成本，是不相关现金流量。选项 D 中"本套设备按公司的规定不能对外出售"，则其市场价 100 万元也是不相关现金流量。

10.【答案】 AD

【解析】 资产组合收益是各项资产收益的加权平均，但组合风险受相关系数、单性资产风险水平和投资比例的影响，β 越小，分散风险效果越佳，如果 $\beta = -1$，完全负相关组合可以最大限度抵消风险，所以 AD 正确。系统风险又称不可分散风险，组合投资对消除系统风险没有帮助。另外，资产组合数目过度增加，对分散风险没有太大帮助，只能增加管理成本。

三、判断题

1.【答案】 √

【解析】 发行普通股筹集资金可能会导致股权稀释，所以为了保证股东的绝对控制权，应避免普通股筹资。

2.【答案】 √

【解析】 本题考核的是"金融环境"的知识点。次级市场也称为二级市场或流通市场，它是现有金融资产的交易所，可以理解为"旧货市场"；而初级市场也称为发行市场或一级市场，它是新发证券的市场，这类市场使预先存在的资产交易成为可能，可以理解为"新货市场"。

3.【答案】 ×

【解析】 理论价值 $= \max[($普通股市价 $-$ 认购价格 $) \times$ 换股比率，$0] = (8.5 - 7) \times 2 = 3$ 元。

4.【答案】 ×

【解析】 静态投资回收期 $=$ 投资额$/$NCF$= 1.6$

NCF $\times (P/A,$ IRR$, 8) -$ 投资额 $= 0$

$(P/A,$ IRR$, 8) =$ 投资额$/$NCF$= 1.6$

5.【答案】 ×

【解析】 应将业务量水平定在正常业务量的 $70\% \sim 120\%$ 之间。

6.【答案】×

【解析】风险收益就是投资者因冒风险进行投资而获得的超过无风险收益率（包括资金时间价值和通货膨胀附加率），而不是资金时间价值的那部分额外收益。

7.【答案】×

【解析】风险自担，是指风险损失发生时，直接将损失摊入成本费用，或冲减利润；风险自保，是指企业预留一笔风险金或随着生产经营的进行，有计划地计提资产减值准备等。

8.【答案】√

【解析】根据附权优先认股权公式 $R=\dfrac{M_1-S}{1+N}$ 可知，新股认购价（S）越大，附权优先认股权价值（R）越小，两者成反向变化关系。

9.【答案】×

【解析】在财务管理中，企业存货需要量与企业生产及销售的规模成正比，与存货周转次数成反比，而与存货周转一次所需天数成正比。

10.【答案】×

【解析】计算机系统将现金流量的时间确认为 $1\sim N$ 年，而现金流量的实际发生时间为 $0\sim(N-1)$ 年，所以，计算机推迟 1 年确认现金量，用插入函数法确定的 NPV 比实际水平低，调整后 NPV＝插入函数法下 NPV×$(1+i)$＝85×$(1+12\%)$＝95.2 万元。

四、计算分析题

1.【答案】

（1）甲、乙两个方案组合预期收益率：

加权平均的收益率＝10％×0.8＋18％×0.2＝11.6％

（2）甲、乙的组合收益率方差＝$(0.8×12\%)^2+2×0.8×12\%×0.2×20\%×0.2+(0.2×20\%)^2$＝1.2352％

（3）甲、乙的组合收益率标准差＝$(1.2352\%)^{1/2}$＝11.11％

（4）若资本资产定价模型成立，则预期收益率等于必要收益率，则甲和乙组成投资组合的 β 系数满足：

$$11.11\%=4\%+\beta×(10\%-4\%)$$

解得：β＝1.19

2.【答案】

（1）广发公司改变信用政策后：

① 年赊销净额＝8000－8000×（70％×2％＋10％×1％）＝7880（万元）

② 信用成本前收益＝7880－8000×65％＝2680（万元）

③ 平均收账期＝70％×10＋10％×20＋20％×60＝21（天）

④ 应收账款平均余额＝8000/360×21＝466.67（万元）

⑤ 维持赊销业务所需要的资金＝466.67×65％＝303.34（万元）

⑥ 应收账款机会成本＝303.34×8％＝24.27（万元）

⑦ 信用成本后收益＝2680－（24.27＋70＋8000×4％）＝2265.73（万元）

(2) 原有政策信用成本前收益＝8000－8000×65％＝2800（万元）

原有政策信用成本后收益＝2800－500＝2300（万元）

由于信用成本后收益增加了，所以应该改变信用政策。

3. 【答案】

(1) 2009 年公司需增加的营运资金＝6000×20％×[（100＋400＋800）÷6000－（320＋160）÷6000]＝164（万元）

(2) 2009 年需要对外筹集的资金量：

2009 年需增加的资金总额＝164＋388＝552（万元）

2009 年内部融资额＝6000×（1＋20％）×10％×（1－30％）＝504（万元）

2009 年需要对外筹集的资金量＝552－504＝48（万元）

(3) 债券发行价格＝1000×8％×(P/A,6％,5)＋1000×(P/F, 6％, 5)

$\qquad$＝80×4.2124＋1000×0.7473

$\qquad$＝1084.29（元）

发行债券的资本成本＝[1000×8％×（1－25％）×100％]÷1084.29×（1－2％）

$\qquad$＝5.42％

4. 【答案】

(1) 华夏公司的销售净利率＝336÷4200×100％＝8％

华夏公司的资产周转率＝4200÷3500＝1.2（次）

华夏公司的权益乘数＝1÷（1－65％）＝2.86

(2) 用杜邦分析法计算净资产收益率＝销售净利率×资产周转率×权益乘数

$\qquad$＝8％×1.2×2.86＝27.46％

(3) 息税前利润＝净利润/（1－所得税率）＋利息费用

$\qquad$＝336/（1－25％）＋（3500×65％×9％）

$\qquad$＝652.75（万元）

财务杠杆系数＝EBIT/（EBIT－I）

$\qquad$＝652.75÷（652.75－3500×65％×9％）

$\qquad$＝1.46

（4）每股收益＝销售净利率×资产周转率×权益乘数×每股净资产

每股净资产＝336÷600÷27.46％＝2.04（元/股）

则，根据题意，每股增长10％得出下表：

指　标	销售净利润率	资产周转率	权益乘数	每股净资产
2008年	8％	1.2	2.86	2.04
2009年	8.8％	1.32	3.51	2.24

2009年资产负债率＝65％×（1＋10％）＝71.5％

权益乘数＝1/（1－71.5％）＝3.51

2008年每股收益＝336/600＝0.56（元/股）

2009年每股收益＝8.8％×1.32×3.51×2.24＝0.91（元/股）

销售净利润率提高对EPS影响＝（8.8％－8％）×1.2×2.86×2.04

＝0.056（元/股）

资产周转速度加快对EPS影响＝8.8％×（1.32－1.2）×2.86×2.04

＝0.062（元/股）

资产负债率提高对EPS影响＝8.8％×1.32×（3.51－2.86）×2.04

＝0.154（元/股）

每股收益增加对EPS影响＝8.8％×1.32×3.51×（2.24－2.04）

＝0.082（元/股）

五、综合题

1.【答案】

（1）根据资料一：

① 当前旧设备折余价值＝30－15＝15（万元）

② 当前旧设备变价净收入＝16－1＝15（万元）

（2）根据资料二：

① 更新设备比继续使用旧设备增加的投资额＝65－15＝50（万元）

② 经营期第1年总成本的变动额＝2＋8＝10（万元）

③ 经营期第1年营业利润的变动额＝11－10＝1（万元）

④ 经营期第1年因更新改造而增加的净利润＝1×（1－25％）＝0.75（万元）

⑤ 经营期第2～4年每年因更新改造而增加的净利润＝10×（1－25％）

＝7.5（万元）

⑥ 第5年回收新固定资产净残值超过假定继续使用旧固定资产净残值之差＝5－0.9＝4.1（万元）

⑦ NCF_0＝－50（万元）

$NCF_1 = 0.75 + 8 = 8.75$（万元）

$NCF_{2\sim4} = 7.5 + 8 = 15.5$（万元）

$NCF_5 = 11.4 + 4.1 = 15.5$（万元）

（3）企业期望的投资收益率$= 8\% + 4\% = 12\%$

2.【答案】

（1）A方案资金投入的方式为一次投入；B方案资金投入的方式为分次投入。

（2）A、B方案各年的净现金流量

A方案各年的净现金流量：

A方案年总成本中包含折旧，B方案经营成本中不包含折旧。

年折旧$=(105-5)/5=20$（万元）

$NCF_0 = -160$（万元）

$NCF_{1\sim4} = (90-60)+20 = 50$（万元）

$NCF_5 = 50 + 55 + 5 = 110$（万元）

B方案各年的净现金流量：

$NCF_0 = -120$（万元）

$NCF_1 = 0$（万元）

$NCF_2 = -80$（万元）

$NCF_{3\sim6} = 170 - 70 - 10 = 90$（万元）

$NCF_7 = 90 + 80 + 8 = 178$（万元）

（3）计算A、B方案包括建设期的静态投资回期

A方案包括建设期的静态投资回期$=160/50=3.2$（年）

B方案不包括建设期的静态投资回期$=200/90=2.22$（年）

B方案包括建设期的静态投资回期$=2+2.22=4.22$（年）

（4）计算A、B方案的投资收益率

A方案的年息税前利润$=90-60=30$（万元）

B方案的年折旧$=(120+10-8)/5=24.4$（万元）

B方案的年息税前利润$=170-70-10-24.4=65.6$（万元）

A方案的投资收益率$=30/160\times100\% = 18.75\%$

B方案的投资收益率$=65.6/(200+10)\times100\% = 31.42\%$

（5）计算A、B方案的净现值

A方案的净现值$=50\times(P/A，10\%，4)+110\times(P/F，10\%，5)-160$

$\qquad\qquad = 66.79$（万元）

B方案的净现值$=90\times(4.3553-1.7355)+178\times0.5132-80\times0.8264-120$

$\qquad\qquad = 141.02$（万元）

（6）计算 A、B 两方案的年等额净回收额，并比较两方案的优劣

A 方案的年等额净回收额＝66.79/3.7908＝17.62（万元）

B 方案的年等额净回收额＝141.02/4.8684＝28.97（万元）

因为 B 方案的年等额净回收额大，所以 B 方案优。

（7）利用方案重复法比较两方案的优劣

两方案寿命的最小公倍数为 35 年。

A 方案调整后的净现值＝66.79＋66.79×$(P/F, 10\%, 5)$＋66.79×$(P/F, 10\%, 10)$＋66.79×$(P/F, 10\%, 15)$＋66.79×$(P/F, 10\%, 20)$＋66.79×$(P/F, 10\%, 25)$＋66.79×$(P/F, 10\%, 30)$

＝66.79×（1＋0.6209＋0.3855＋0.2394＋0.1486＋0.0923＋0.0573）

＝169.91（万元）

B 方案调整后的净现值＝141.02×[1＋$(P/F, 10\%, 7)$＋$(P/F, 10\%, 14)$＋$(P/F, 10\%, 21)$＋$(P/F, 10\%, 28)$]

＝141.02×（1＋0.5132＋0.2633＋0.1351＋0.0693）

＝279.35（万元）

因为 B 方案调整后的净现值大，所以 B 方案优。

（8）利用最短计算期法比较两方案的优劣

最短计算期为 5 年，所以：

A 方案调整后的净现值＝原方案净现值＝66.79（万元）

B 方案调整后的净现值＝B 方案的年等额净回收额×$(P/A, 10\%, 5)$

＝141.02/4.8684×3.7908

＝109.81（万元）

因为 B 方案调整后的净现值大，所以 B 方案优。

2009 年《财务管理》全真模拟题（二）参考答案及解析

一、单项选择题

1.【答案】 B

【解析】 在允许缺货的情况下，与进货批量相关的成本包括：进货费用、储存成本与短缺成本。所以经济进货批量应使三者之和最小。

2.【答案】 B

【解析】 每股收益是利润额与普通股股数的比值。每股收益最大化能够说明企业的盈利水平，可以在不同资本规模企业或同一企业不同时期之间进行比较，提示其盈利水平之间的差异。因此，其反映了创造利润与投入资本的关系。

3.【答案】 A

【解析】 最佳现金持有量 $=\sqrt{2\times6000000\times100/12\%}=100000$ 元，年转换次数 $=6000000/100000=60$ 次，年转换成本 $=60\times100=6000$ 元。

4.【答案】 D

【解析】 投资收益率＝年均息税前利润或年息税前利润/项目总投资，从公式可以看出投资收益率不受建设期长短、投资回收时间先后及现金流量大小影响。

5.【答案】 A

【解析】 购买 1 股新股所需要的优先认股权数＝100/50＝2，则除权优先认股权的价值＝(20－10)/2＝5 元。

6.【答案】 A

【解析】 根据题意，该方案的投资回收期是 50÷20＝2.5 年。

7.【答案】 C

【解析】 投资收益率＝10％＋0.5×(18％－10％)＝14％。

8.【答案】 A

【解析】 半变动成本通常有一个初始量，类似于固定成本，在这个初始量的基础之上随业务量的增长而增长，又类似于变动成本。

9.【答案】 C

【解析】 即付年金终值系数等于普通年金终值系数表期数加 1 系数减 1，所以，6 年期利率为 10％的即付年金终值系数＝(F/A，10％，7)－1＝9.4872－1＝8.4872。

10.【答案】D

【解析】一般而言，财务管理的环节包括：①财务规划和预测；②财务决策；③财务预算；④财务控制；⑤财务分析、业绩评价与激励。

11.【答案】B

【解析】零基预算方法的全称为"以零为基础编制计划和预算的方法"，简称零基预算，又称零底预算，是指在编制成本费用预算时，不考虑以往会计期间所发生的费用项目或费用数额，而是将所有的预算支出均以零为出发点，一切从实际需要与可能出发，逐项审议预算期内各项费用的内容及开支标准是否合理，在综合平衡的基础上编制费用预算的一种方法。这种方法主要应用于费用预算。

12.【答案】C

【解析】在资本资产定价模型中，R_M 是市场组合的平均收益率。

13.【答案】A

【解析】应收账款的机会成本是指因资金投放在应收账款上而丧失的其他收入。选项 A 属于应收账款的机会成本；选项 B 和 D 属于应收账款的管理成本；选项 C 属于应收账款的坏账成本。

14.【答案】A

【解析】市场组合收益率的标准差 $=(0.36\%)^{1/2}=6\%$，该项资产收益率与市场组合收益率的协方差 $=0.6\times10\%\times6\%=0.0036$，该项资产的 β 系数 $=$ 该项资产收益率与市场组合收益率的协方差/市场组合的方差 $=0.0036/0.36\%=1$，或 $=$ 该项资产收益率与市场组合收益率之间的相关系数×该项资产的标准差/市场组合的标准差 $=0.6\times10\%/6\%=1$。

15.【答案】B

【解析】本题相当于求每年年末付款 50000 元，共计支付 10 年的年金现值，即 $50000\times(P/A,2\%,10)=50000\times8.9826=449130$ 元。

16.【答案】B

【解析】由选项 A 可以判断项目完全具备财务可行性；由选项 B 可以判断项目基本具备财务可行性；由选项 C 可以判断项目完全不具备财务可行性；由选项 D 可以判断项目基本不具备财务可行性。

17.【答案】D

【解析】标准差仅适用于期望值相同的情况，在期望值相同的情况下，标准差越大，风险越大；标准离差率适用于期望值相同或不同的情况，在期望值不同的情况下，标准离差率越大，风险越大。

18.【答案】B

【解析】当原始投资在建设期内全部投入时，获利指数与净现值率有如下关系：获利指数(PI)＝1＋净现值率（NPVR）。因此本题答案为 B。

19.【答案】C

【解析】按照证券发行主体可分为政府证券、金融证券和公司证券；按照证券体现的权益关系可分为所有权证券和债权证券；按照证券收益的决定因素可分为原生证券和衍生证券；按照证券募集方式可分为公募证券和私募证券。

20.【答案】D

【解析】最佳现金持有量，在成本分析模式就是持有现金而产生的机会成本与短缺成本之和最小时的现金持有量。存货模式就是能够使现金管理的机会成本与固定性转换成本之和保持最低的现金持有量，即为最佳现金持有量。由此可见，在确定最佳现金持有量时，成本分析模式和存货模式均需考虑的因素是持有现金的机会成本。

21.【答案】A

【解析】剩余政策是指公司生产经营所获得的净收益首先应满足公司的资金需求，如果还有剩余，则派发股利，如果没有剩余，则不派发股利。其优点是：留存收益优先保证再投资的需要，从而有助于降低再投资的资金成本，保持最佳的资本结构，实现企业价值的长期最大化。选项 BCD 都是固定或稳定增长的股利政策的优点。

22.【答案】A

【解析】权益乘数越大，意味着资产负债率越高，则财务风险越大，财务杠杆作用大；权益净利率＝总资产净利率×权益乘数，所以权益乘数大，意味着权益净利率高，但与总资产报酬率并不相关。所以，选项 A 是不正确的。

23.【答案】A

【解析】投资收益率＝年均息税前利润/项目总投资×100%，因为息税前利润＝税前利润＋利息费用，项目总投资＝原始投资＋建设期资本化利息，所以本题答案＝(8＋2)/(150＋5)×100%＝6.45%。

24.【答案】A

【解析】资金的时间价值相当于没有风险和没有通货膨胀条件下的社会平均资金利润率。

25.【答案】A

【解析】低正常股利加额外股利对公司而言有能力支付，收益年景好的时候不会有太重的压力；对股东而言，可以事先安排股利的支出，尤其对依赖股利的股东有较强的吸引力。

二、多项选择题

1.【答案】AD

【解析】递延年金是普通年金的特殊形式，凡不是从第一期开始的年金都是递延年金。递延年金终值计算与普通年金相同。

2.【答案】 ABC

【解析】 运营能力是指企业对其有限资源的配置和利用能力，从价值的角度看，就是企业资金利用效果。反映资产运营能力的指标包括：应收账款周转率、存货周转率、流动资产周转率、固定资产周转率、总资产周转率等。

3.【答案】 ABC

【解析】 从预防动机的角度看，企业为应付紧急情况所持有的现金余额主要取决于以下三个方面：一是企业愿意承担风险的程度；二是企业临时举债能力的强弱；三是企业对现金流量预测的可靠程度。

4.【答案】 ABCD

【解析】 内部收益率是个折现的相对量正指标，采用这一指标的决策标准是将所测算的各方案的内部收益率与其资金成本对比，如果方案的内部收益率大于其资金成本，该方案为可行方案；如果方案的内部收益率小于其资金成本，为不可行方案。如果几个方案的内部收益率均大于其资金成本，但各方案的原始投资额不等，应该使用差额内部收益率法比较项目的优劣，评价时当差额内部收益率指标大于或等于基准折现率或设定折现率时，投资少的方案为优。内部收益率法的优点是非常注重资金的时间价值，能从动态的角度直接反映投资项目的实际收益水平，且不受行业基准收益率高低的影响，比较客观。但该指标的计算过程十分麻烦，当经营期大量追加投资时，又有可能导致多个 IRR 出现，或偏高偏低，缺乏实际意义。

5.【答案】 BD

【解析】 预付年金与普通年金的区别在于付款的时间不同。n 期预付年金终值比 n 期普通年金终值多计算一期利息。因此，预付年金终值系数是在普通年金终值系数的基础上，期数加 1，系数减 1。风险是事件本身的不确定性，它不仅能带来超出预期的损失，还可能带来超出预期的收益。既然存在标准差，就说明存在不确定性，因此就不能肯定项目盈利。

6.【答案】 ABC

【解析】 复合杠杆系数＝每股利润变动率÷产销业务量变动率＝经营杠杆系数×财务杠杆系数。

7.【答案】 BD

【解析】 应收账款转让筹资的优点主要有：及时回笼资金，避免企业因赊销造成的现金流量不足；节省收账成本，降低坏账损失风险；有利于改善企业的财务状况，提高资产的流动性。应收账款转让筹资的缺点主要有：筹资成本较高；限制条件较多。

8.【答案】ACD

【解析】股票股利有利于降低市价，吸引更多人投资，使股权更加分散，能有效防止公司被敌意收购；而股票分割增加了股票的流通性和股东数量，也增大了并购难度；股票回购则减少了发行在外的股数，使股价提高，收购方获得控股比例的股票难度增大。

9.【答案】ACD

【解析】估算固定资产资本化利息时，可根据长期借款本金、建设期年数、借款利息率按复利方式计算，并假定建设期间的资本化利息全部计入固定资产原值。

10.【答案】AB

【解析】本题的考点是递延年金现值的计算。根据题意可知本题中第一次流入发生在第 3 年年末，所以递延期 m 为 2，等额收付的次数 n 为 5，本题中 A、B 为递延年金现值计算的两种方法。

三、判断题

1.【答案】√

【解析】在除息日之前，股利权从属于股票，持有股票者享有领取股利的权利；从除息日开始，新购入股票的投资者不能分享最近一期股利。因此，在除息日之后的股票交易，其交易价格可能有所下降。

2.【答案】×

【解析】根据财务管理的理论，引起个别投资中心的投资利润率提高的投资，不一定会使整个企业的剩余收益增加。

3.【答案】√

【解析】本题的考点是每股利润无差别点法的决策原则。采用这种方法如果预计的息税前利润大于每股利润无差别点的息税前利润时，采用负债筹资较好（每股利润较高），但是负债的增加会引起企业财务风险的增加。

4.【答案】√

【解析】根据题意，当相关系数为 1 时，甲、乙两种资产组合的方差＝（甲的投资比例×甲的标准差＋乙的比例×乙的标准差）^{2}，所以，甲、乙两种资产组合的标准差＝（甲的投资比例×甲的标准差＋乙的比例×乙的标准差），而"等比例投资"意味着甲、乙的投资比例均为 50％，因此，本题中，甲、乙两种资产组合的标准差＝50％×甲的标准差＋50％×乙的标准差＝50％×12％＋50％×8％＝10％。

当相关系数为－1 时，甲、乙两种资产组合的方差＝（甲的投资比例×甲的标准差－乙的比例×乙的标准差）^{2}，所以，甲、乙两种资产组合的标准差＝（甲的投资比例×甲的标准差－乙的比例×乙的标准差）的绝对值，因此，本题中，甲、乙两种资产组合的标准差＝｜（50％×甲的标准差－50％×乙的标准差）｜＝｜50％×12％－50％×8％｜＝2％。

5.【答案】√

【解析】本题考核的是"优先认股权"的知识点。新发股票与原有股票的比率＝100∶1000＝1∶10，因此购买1股股票所需的认股权数 $N=10$，$R=(M_1-S)/(N+1)=(25-20)\div(10+1)=5/11=0.45$ 元。

6.【答案】√

【解析】按插入函数法所求的净现值并不是所求的第0年的价值，而是第0年前一年的价值。所以，方案本身的净现值＝100×（1＋10％）＝110万元。

7.【答案】×

【解析】在本题没有考虑投资比重，所以本题说法不正确。

8.【答案】×

【解析】永续预算即滚动预算，是指在编制预算时，将预算期与会计年度脱离，随着预算的执行不断延伸补充预算，逐期向后滚动，使预算期永远保持为一个固定期间的一种预算编制方法。这种方法将预算期间与会计年度相脱节，不便于考核预算的执行结果。

9.【答案】×

【解析】因固定资产更新改造增加的息税前利润中不包括处置净损失，因为其不仅影响项目本身，还影响企业整体的所得税水平，形成"抵税效应"，故应单独计算。如果建设期＝0，处置固定资产发生的净损失抵税计入经营期第一年现金流量；如果建设期＞0，处置固定资产发生的净损失抵税列入建设期末。

10.【答案】×

【解析】在作业成本法下，将间接费用和直接费用都视为产品消耗作业而付出的代价。对于直接费用的确认和分配，作业成本法与传统的成本计算方法一样，但对于间接费用的分配，则与传统的成本计算方法不同，在作业成本法下间接费用分配的对象不再是产品，而是作业。分配时，首先根据作业中心对资源的耗费情况将资源耗费的成本分配到作业中心去；然后再将上述分配给作业中心的成本按照各自的成本动因，根据作业的耗用数量分配到各产品中作业成本法下，不同的作业中心由于成本动因的不同，使得间接费用的分配标准也不同。

四、计算分析题

1.【答案】

（1）A方案：

收入增加使收益增加＝5000×20％×（1－60％）＝400（万元）

应收账款机会成本使收益减少＝5000×(1+20％)÷360×60×60％×8％
＝48（万元）

收账费用使收益减少＝60（万元）

坏账损失使收益减少＝5000×(1+20％)×5％＝300（万元）

A 方案增加的收益＝400－48－60－300＝－8（万元）

（2）B 方案：

收入增加使收益增加＝5000×25％×(1－60％)＝500（万元）

现金折扣使收益减少＝5000×(1+25％)×(2％×50％+1％×20％)＝75（万元）

平均收账期＝10×50％+20×20％+60×30％＝27（天）

应收账款机会成本使收益减少＝5000×(1+25％)÷360×27×60％×8％
＝22.5（万元）

收账费用使收益减少＝50（万元）

坏账损失使收益减少＝5000×(1+25％)×3％＝187.5（万元）

B 方案增加的收益＝500－75－22.5－50－187.5＝165（万元）

B 方案使收益增加 165 万元，而 A 方案使收益增加－8 万元，故选 B 方案。

2.【答案】

（1）第 0 年净现金流量 NCF_0＝－200（万元）

第 1 年净现金流量 NCF_1＝0（万元）

第 2~6 年每年的净现金流量 $NCF_{2~6}$＝60+(200－0)/5＝100（万元）

（2）不包括建设期的静态投资回收期＝200/100＝2（年）

包括建设期的静态投资回收期＝1+2＝3（年）

（3）投资收益率＝60/200×100％＝30％

（4）净现值(NPV)＝－200+100×[(P/A,10％,6)－(P/A,10％,1)]
＝－200+100×(4.3553－0.9091)
＝144.62（万元）

（5）净现值率＝144.62/200×100％＝72.31％

（6）由于该项目净现值 NPV＞0，包括建设期的静态投资回收期（3 年）等于项目计算期（6 年）的一半，不包括建设期的静态投资回收期（2 年）小于运营期（5 年）的一半，投资收益率（30％）高于基准投资收益率（15％），所以投资方案完全具备财务可行性。

3.【答案】

（1）使用新设备比使用旧设备增加的投资额＝12－4＝8（万元）

（2）因旧设备提前报废发生的处理固定资产净损失抵税额

$=(8-4)\times25\%=1$（万元）

（3）使用新设备比使用旧设备每年增加的折旧额

$=(12-1.2)/6-(4-0.4)/6=1.2$（万元）

（4）使用新设备比使用旧设备每年增加的营运成本

$=-1.6+1.2=-0.4$（万元）

（5）使用新设备比使用旧设备第 1 年增加的息前税后利润

$=(4+0.4)\times(1-25\%)=3.3$（万元）

使用新设备比使用旧设备第 2～5 年每年增加的息前税后利润

$=(3+0.4)\times(1-25\%)=2.55$（万元）

使用新设备比使用旧设备第 6 年增加的息前税后利润

$=(3.2+0.4)\times(1-25\%)=2.7$（万元）

（6）计算使用新设备比使用旧设备每年增加的净现金流量

$\Delta NCF_0=-(12-4)=-8$（万元）

$\Delta NCF_1=3.3+1.2=4.5$（万元）

$\Delta NCF_{2\sim5}=2.55+1.2=3.75$（万元）

$\Delta NCF_6=2.7+1.2+(1.2-0.4)=4.7$（万元）

4.【答案】

（1）环海公司的债券的发行价格 $=100\times8\%\times(P/A,10\%,10)+100\times$
$(P/F,10\%,10)$
$=8\times6.1446+100\times0.3855$
$=87.71$（元）

环海公司债券的资本成本 $=[100\times8\%\times(1-25\%)]/[87.71\times(1-3\%)]=7.05\%$

（2）环海公司债券到期收益率 $=[100\times8\%+(100-87.71)/10]/[(100+87.71)/2]=9.83\%$

（3）环海公司债券内在价值 $=100\times8\%\times(P/A,12,10)+100\times(P/F,12,10)$
$=8\times5.6502+100\times0.322=77.4$（元）

平安公司股票内在价值 $=0.9\times(1+6\%)/(12\%-6\%)=15.9$（元）

长丰公司股票内在价值 $=1.5/12\%=12.5$（元）

环海公司债券发行价格为 87.71 元，高于其投资价值 77.4 元，故不值得投资。

平安公司股票现行市价为 14 元，低于其投资价值 15.9 元，故值得投资。

长丰公司股票现行市价为 13 元，高于其投资价值 12.5 元，故不值得投资。

所以，华丰公司应投资购买平安公司股票。

五、综合题

1.【答案】

（1）该公司股票的必要收益率＝6％＋2×（10％－6％）＝14％

（2）甲项目的内部收益率＝14％＋6.5/（6.5＋3.5）×（16％－14％）＝15.3％

（3）判断是否应当投资于甲项目：因为，甲项目内部收益率15.3％＞该公司股票的必要收益率14％，所以应当投资甲项目。

（4）A 筹资方案的资金成本＝11％×（1－25％）＝8.25％

B 筹资方案的资金成本＝12％＋2.1％＝14.1％

（5）A 筹资方案的资金成本 8.25％＜甲项目内部收益率 15.3％

B 筹资方案的资金成本 14.1％＜甲项目内部收益率 15.3％

A、B 两个筹资方案在经济上都是合理的。最优筹资方案是 A 筹资方案（发行公司债券）。

（6）按最优方案再筹资后该公司的综合资金成本＝[12％×400＋8％×（1－25％）×600＋8.25％×300]/（1000＋300）＝8.37％。

2.【答案】

（1）项目计算期＝2＋5＝7（年）

（2）项目原始投资额＝200＋20＋50＝270（万元）

投资总额＝270＋10＝280（万元）

固定资产原值＝200＋10＝210（万元）

（3）项目的回收额＝50＋2＝52（万元）

（4）运营期每年的经营成本和营运成本：

固定资产年折旧＝（210－2）/5＝41.6（万元）

无形资产年摊销＝20/5＝4（万元）

运营期每年的经营成本＝1×60＋25＝85（万元）

运营期每年的营运成本＝85＋41.6＋4＝130.6（万元）

（5）运营期每年的息税前利润和息前税后利润：

运营期每年的息税前利润＝营业收入－营运成本

$$=1×190-130.6=59.4（万元）$$

运营期每年的息前税后利润＝59.4×（1－25％）＝44.55（万元）

（6）项目各年的现金净流量：

$NCF_0＝-180$（万元）

$NCF_1＝-20$（万元）

$NCF_2＝-20-50＝-70$（万元）

$NCF_{3\sim6}＝$息前税后利润＋折旧＋摊销＝44.55＋41.6＋4＝90.15（万元）

$NCF_7 = NCF_{3\sim6} + 回收额 = 90.15 + 59.4 = 149.55$（万元）

（7）项目不包括建设期的静态投资回收期 $= (200+70)/90.15 = 3.00$（年）

（8）项目的净现值：

$净现值 = -180 - 20 \times (P/F, 10\%, 1) - 70 \times (P/F, 10\%, 2) + 90.15 \times [(P/A, 10\%, 6) - (P/A, 10\%, 2)] + 149.55 \times (P/F, 10\%, 7)$

$\quad = -180 - 20 \times 0.9091 - 70 \times 0.8264 + 90.15 \times (4.3553 - 1.7355) + 149.55 \times 0.5132$

$\quad = 56.89$（万元）

2009 年《财务管理》全真模拟题（三）参考答案及解析

一、单项选择题

1.【答案】 D

【解析】 收款法，又称利随本清法，是指在借款到期时向银行支付利息的方法。采用这种方法，借款的名义利率等于其实际利率。而其他方法都会使实际利率高于名义利率。

2.【答案】 D

【解析】 存货经济进货批量基本模式的假设前提包括：①一定时期的进货总量可以准确地予以预测；②存货的消耗比较均衡；③价格稳定、不存在数量折扣且能一次到货；④仓储条件以及所需现金不受限制；⑤不允许缺货；⑥存货市场供应充足。

3.【答案】 C

【解析】 正常标准成本，是指在正常情况下企业经过努力可以达到的成本标准，这一标准考虑了生产过程中不可避免的损失、故障和偏差。正常标准成本具有客观性、现实性、激励性和稳定性等特点，因此被广泛地运用于具体的标准成本的制定过程中。

4.【答案】 D

【解析】 本题考核点是动态指标净现值、现值指数和内部收益率之间的关系。

5.【答案】 B

【解析】 接受所有者投资转入的固定资产会引起资产和所有者权益同时增加，负债占总资产的相对比例减少，即资产负债率下降。其余三项均不会导致企业资产负债率发生变化。

6.【答案】 D

【解析】 本题的考点是财务管理目标的比较。以企业价值最大化作为财务管理的目标存在问题，如对于股票上市企业，虽可通过价格的变动提示企业价值，但是股价是受多种因素影响的结果，特别在即期市场上的股价不一定能够直接提示企业的获利能力。企业价值最大化目标考虑资金时间价值和投资的风险价值，能够反映企业潜在的获利能力。

7.【答案】 A

【解析】 根据题意，必要报酬率＝13％＋1.2×（18％－13％）＝19％，股票的

价值为 $4/(19\%-3\%)=25$ 元。

8.【答案】A

【解析】利息 $=300\times50\%\times10\%=15$ 万元，财务杠杆系数 $=60/(60-15)=1.33$。

9.【答案】C

【解析】债券的资金成本 $=1000\times12\%\times(1-25\%)/[1050\times(1-5\%)]=0.09$。

10.【答案】C

【解析】运用成本分析模式确定最佳现金持有量时，只考虑机会成本和短缺成本，不考虑管理成本和转换成本；运用存货模式确定现金最佳持有量时，只考虑固定转换成本和机会成本，不考虑管理成本和短缺成本。共同考虑因素只有机会成本。

11.【答案】C

【解析】可转换债券较好的投资时机一般包括：①新的经济增长周期启动时；②利率下调时；③行业景气回升时；④转股价调整时。

12.【答案】D

【解析】内部环境主要包括治理结构、组织机构设置与权责分配、企业文化、人力资源政策、内部审计机制、反舞弊机制等内容。选项D属于信息与沟通要素的内容。

13.【答案】B

【解析】选项C不全面，没有考虑资本支出；从资金的筹措和运用来看，现金余缺＋借款＋增发股票债券－归还借款本金和利息－购买有价证券＝期末现金余额，变形可得：现金余缺－期末现金余额＝归还借款本金和利息＋购买有价证券－借款－增发股票债券，即选项B。

14.【答案】A

【解析】风险收益率 $=12\%\times30\%=3.6\%$。

15.【答案】C

【解析】风险回避者选择资产的态度是：当预期收益率相同时，偏好于具有低风险的资产；而对于同样风险的资产，则钟情于具有高预期收益的资产。风险追求者对待风险的态度与风险回避者正好相反。对于风险中立者而言，选择资产的唯一标准是预期收益的大小，而不管风险状况如何，这是因为所有预期收益相同的资产将给他们带来同样的效用。

16.【答案】C

【解析】当原始投资在建设期内全部投入时，获利指数与净现值率有如下关系：获利指数(PI)＝1＋净现值率（NPVR）。因此本题答案为C。

17.【答案】A

【解析】允许缺货情况下的经济订货量 $=\sqrt{\dfrac{2\times3600\times30}{6}\times\dfrac{6+10}{10}}=240$ 件，

平均缺货量 $=240\times\dfrac{6}{6+10}=90$ 件。

18.【答案】D

【解析】根据题意，资本资产定价模型的表达形式：$R=R_F+\beta\times(R_M-R_F)$，其中，$R$ 表示某资产的必要收益率；β 表示该资产的 β 系数；R_F 表示无风险收益率（通常以短期国债的利率来近似替代）；R_M 表示市场平均收益率（也可以称为平均风险股票的必要收益率），(R_M-R_F) 称为市场风险溢酬。财务风险属于非系统风险，不会影响必要收益率，所以，正确答案是 D。

19.【答案】C

【解析】普通年金终值系数 $(F/A,i,n)=[(F/P,i,n)-1]/i$，偿债基金系数 $(A/F,i,n)=i/[(F/P,i,n)-1]$，普通年金现值系数 $(P/A,i,n)=[1-(P/F,i,n)]/i$，资本回收系数 $(A/P,i,n)=i/[1-(P/F,i,n)]$，复利终值系数 $(F/P,i,n)=(1+i)^n$，复利现值系数 $(P/F,i,n)=(1+i)^{-n}$。

20.【答案】D

【解析】单项资产的 β 系数是可以反映单项资产收益率与市场平均收益率之间变动关系的一个量化指标，它表示单项资产收益率的变动受市场平均收益率变动的影响程度。由此可知，选项 A 的说法正确。某项资产的风险收益率＝该项资产的 β 系数 $\times(R_M-R_F)$，市场组合的 $\beta=1$，所以，市场组合的风险收益率＝ (R_M-R_F)，因此，某项资产的 β 系数＝该项资产的风险收益率/市场组合的风险收益率，选项 B 的说法正确。根据 β 系数的定义式可知，选项 C 的说法正确。β 系数仅衡量系统风险，并不衡量非系统风险，当 β 系数为 0 时，表明该资产没有系统风险，但不能说明没有非系统风险。所以，选项 D 的说法不正确。

21.【答案】B

【解析】存货 ABC 分类管理是指按照一定的标准，将企业的存货划分为 A、B、C 三类，分别实行分品种重点管理、分类别一般控制和按总额灵活掌握的存货管理方法。分类的标准主要有两个：一是金额标准；二是品种数量标准。其中金额标准是最基本的，品种数量标准仅作为参考。

22.【答案】A

【解析】普通股评价模型的局限性：

（1）未来经济利益流入量的现值只是决定股票价值的基本因素而不是全部因素，其他很多因素（如投机行为等）可能会导致股票的市场价格大大偏离根据模型计算得出的价值；

（2）模型对未来期间股利流入量预测数的依赖性很强，而这些数据很难准确预测，股利固定不变、股利固定增长等假设与现实情况可能存在一定差距；

（3）股利固定模型、股利固定增长模型的计算结果受 D_0 或 D_1 的影响很大，而这两个数据可能具有人为性、短期性和偶然性，模型放大了这些不可靠因素的影响力；

（4）折现率的选择有较大的主观随意性。

23.【答案】 B

【解析】 EBIT＝（营业收入－经营成本－折旧－营业税金及附加）＝（800－400－1500/10－60）＝190 万元。

24.【答案】 B

【解析】 税前利润＝50×0.96/（1－25%）＝64 万元,总杠杆系数＝1000×（1－60%）/64＝6.25,销售收入增长率＝50%/6.25＝8%。

25.【答案】 C

【解析】 选项 AB 会导致速动比率降低，选项 D 则使速动比率提高；选项 C 既不影响流动比率也不影响速动比率。

二、多项选择题

1.【答案】 ACD

【解析】 在递延年金的公式中，n 为期数，也就是"等额收付发生的次数"，m 为递延期。如果递延年金从第 4 年年初开始发生，到第 8 年年初为止，每年一次，则 $n＝5$，$m＝3$。

2.【答案】 ABCD

【解析】 通常情况下，资金的时间价值相当于没有风险和没有通货膨胀条件下的社会平均资金利润率，因此 A 项是正确的；投资回收额的计算是普通年金现值的逆运算，可以把现值折算成年金，其系数就是普通年金现值系数的倒数，因此 B 项是正确的；资金利润率由三部分构成，分别是货币时间价值（利息率）、风险报酬率和通货膨胀补偿率，因此 C 项是正确的；复利终值的计算公式为 $F＝P \cdot (1＋i)^n$，由此可见，当现值和利息期数一定的情况下，利率越高，复利终值越大，因此 D 项是正确的。

3.【答案】 ABD

【解析】 预付年金与普通年金的区别在于付款的时间不同，n 期预付年金终值比 n 期普通年金终值多计算一期利息。因此，预付年金终值系数是在普通年金终值系数的基础上，期数加 1，系数减 1。风险是事件本身的不确定性，它不仅能带来超出预期的损失，还可能带来超出预期的收益。通过证券投资组合，只能分散非系统风险，不能分散系统风险。

4.【答案】CD

【解析】弹性预算又称变动预算或滑动预算，是指为克服固定预算方法的缺点而设计的，以业务量、成本和利润之间的依存关系为依据，以预算期可预见的各种业务量水平为基础，编制能够适应多种情况预算的一种方法。与固定预算方法相比，弹性预算方法具有预算范围宽和可比性强的优点。

5.【答案】ABCD

【解析】四个选项均属于企业的现金流量。

6.【答案】ABCD

【解析】净收益理论认为，负债可以降低企业的资本成本，负债程度越高，企业加权平均资本成本越低，企业的价值越大。净营业收益理论认为，不论财务杠杆如何变化，企业加权平均资本成本都是固定的，因而企业的总价值也是固定不变的。传统折中理论认为，企业利用财务杠杆尽管会导致权益成本上升，但在一定程度内却不会完全抵消利用成本率较低的债务获利的好处，因此会使加权平均资本成本下降，企业总价值上升。但是，超过一定程度地利用财务杠杆，权益成本的上升就不再能为债务的低成本所抵消，加权平均资本成本便会上升。平衡理论认为边际负债税额庇护利益恰好等于边际财务危机成本时，企业价值最大，达到最优资本结构。

7.【答案】ABD

【解析】投资利润率可以进一步分解为资本周转率、销售成本率和成本费用利润率三个相对数指标之积。

8.【答案】AB

【解析】收益的大小取决于总风险的大小，还与无风险收益率有关，所以 A 不正确。

9.【答案】ABCD

【解析】ABC 都有可能造成企业流动比率比较高，在流动比率高的情况下，偿债能力比较强。注意本题是指可能的情况。

10.【答案】ABD

【解析】利用内部转移价格进行责任结转有两种情形。一是各责任中心之间由于责任成本发生的地点与应承担责任的地点往往不同，因而要进行责任转账。如因供应部门外购材料的质量问题造成的销售部门降价损失。二是责任成本在发生的地点显示不出来，需要在下道工序或环节才能发现，这也需要转账。如因上一车间加工缺陷造成的下一车间超定额耗用成本。

三、判断题

1.【答案】×

【解析】经营风险因素不仅包括企业内部的，还包括企业外部的因素，如原料供应地的政治经济情况变动、设备供应方面、劳动力市场供应等。

2.【答案】×

【解析】递延年金有终值，但是终值的大小与递延期无关，递延年金的终值＝年金×$(F/A,i,n)$，其中 n 表示等额收付的次数（年金的个数），显然其大小与递延期无关。

3.【答案】×

【解析】建立资本资产定价模型有很多假定条件，其中之一是建立在市场存在完善性和环境没有摩擦（如没有税金、交易成本）的基础之上，而这与实际不完全一致，所以在实际使用时会有偏差。

4.【答案】×

【解析】企业究竟应当核定多长的现金折扣期限，以及给予客户多大程度的现金折扣优惠，必须将信用期限及加速收款所得到的收益与付出的现金折扣成本结合起来考查，即考查提供折扣后所得的收益是否大于现金折扣的成本。

5.【答案】×

【解析】项目投资假设是指，假设在确定项目的现金流量时，站在企业投资者的立场上，考虑全部投资的运动情况，而不具体区分自有资金和借入资金等具体形式的现金流量。即使实际存在借入资金，也将其作为自有资金对待。因此，在项目投资假设条件下，从投资企业的立场看，企业取得借款或归还借款和支付利息均应视为无关现金流量。

6.【答案】×

【解析】一般说来，成本中心的变动成本大多是可控成本，而固定成本大多是不可控成本，但也不完全如此，还应结合有关情况具体分析。

7.【答案】√

【解析】根据公式：资产负债率＝负债总额/资产总额×100%。所以，资产负债率越小，对债权人越有利；资产负债率越大，对股东越有利。

8.【答案】×

【解析】如果某一投资项目所有正指标均大于或等于相应的基准指标，反指标小于或等于相应的基准指标，则可以断定该投资项目完全具备财务可行性。

9.【答案】√

【解析】处于成长中的公司投资机会较多，需要有强大的资金支付，因而少发放股利，将大部分盈余用于投资；而陷于经营收缩的公司，缺乏良好的投资机会，保留大量现金会造成资金的闲置，于是倾向于采用较高股利政策。

10.【答案】√

【解析】在作业成本法下，将间接费用和直接费用都视为产品消耗作业而付出的代价。对于直接费用的确认和分配，作业成本法与传统的成本计算方法一样，但对于间接费用的分配，则与传统的成本计算方法不同，在作业成本法下间接费用分配的对象不再是产品，而是作业。分配时，首先根据作业中心对资源的耗费情况将资源耗费的成本分配到作业中心去；然后再将上述分配给作业中心的成本按照各自的成本动因，根据作业的耗用数量分配到各产品中作业成本法下，不同的作业中心由于成本动因的不同，使得间接费用的分配标准也不同。

四、计算分析题

1.【答案】

(1) 平均收账期＝60％×10＋18％×20＋22％×45＝19.5（天）

(2) 应收账款平均余额＝3000÷360×19.5＝162.5（万元）

维持赊销业务所需的资金＝162.5×40％＝65（万元）

(3) 应收账款机会成本＝65×10％＝6.5（万元）

(4) 信用成本＝6.5＋120＋3000×2.5％＝201.5（万元）

(5) 信用成本前收益＝3000－3000×40％－3000×（1－40％）×3％－3000×18％×2％＝1735.2（万元）

(6) 信用成本后收益＝1735.2－201.5＝1533.7（万元）

2.【答案】

(1) 流动资产年初数＝850＋600×0.8＝1330（万元）

流动资产年末数＝700×2＝1400（万元）

总资产年初数＝1330＋1000＝2330（万元）

总资产年末数＝1400＋400＋1200＝3000（万元）

(2) 本年主营业务收入净额＝［(1330＋1400)/2］×8＝10920（万元）

总资产周转率＝10920/［(2330＋3000)/2］＝4.10（次）

(3) 主营业务净利率＝624/10920×100％＝5.71％

净资产收益率＝4.10×5.71％×（1＋0.86）×100％＝43.54％

(4) 利息＝700×5％＋800×10％＝115（万元）

税前利润＝624/（1－25％）＝832（万元）

息税前利润＝832＋115＝947（万元）

已获利息倍数＝947/115＝8.23

财务杠杆系数＝947/（947－115）＝1.14

(5) 加权普通股股数＝200＋100×（5＋6×30）÷360＝251.39（万股）

每股收益＝624/251.39＝2.48（元）

每股股利＝624×60％/251.39＝1.49（元）

市盈率＝46.8/2.48＝18.87

3.【答案】

(1) 依据高低点法预测：

单位变动资金 b＝(156－130)÷(23－15)＝3.25（元/件）

将 b＝3.25，代入高点方程可求得不变资金：

a＝156－23×3.25＝81.25（万元）

则 y＝81.25＋3.25x

将 x＝29 万件代入上式，求得 y＝175.5（万元）

(2) a＝54 万元

则 $b = \dfrac{\sum y - na}{\sum x}$＝[(130＋144＋156)－3×54]÷(15＋18＋23)＝4.79（元/件）

y＝54＋4.79x

将 x＝29 万件代入上式，求得 y＝192.91（万元）

(3) b＝5 元/件

则 $a = \dfrac{\sum y - b\sum x}{n}$＝[(130＋144＋156)－5×(15＋18＋23)]÷3＝50（万元）

y＝50＋5x

将 x＝29 万件代入上式，求得 y＝195（万元）

4.【答案】

(1) 单位边际贡献＝120－40＝80（元）

(2) 边际贡献总额＝8×80＝640（万元）

(3) 息税前营业利润＝640－120＝520（万元）

(4) 利润总额＝息税前营业利润－利息＝520－600×55％×8％＝493.6（万元）

(5) 净利润＝493.6×(1－25％)＝370.2（万元）

(6) 所有者权益＝600×(1－55％)＝270（万元）

普通股股数＝270/4.5＝60（万股）

每股收益＝370.2/60＝6.17（元/股）

(7) 经营杠杆系数＝M/EBIT＝640/520＝1.23

(8) 财务杠杆系数＝EBIT/(EBIT－I)＝520/493.6＝1.05

（9）复合杠杆系数＝DOL×DFL＝1.23×1.05＝1.29

五、综合题

1.【答案】

（1）债券年利息＝（1300×40％÷100）×90×6％＝28.08（万元）

（2）年折旧＝（1300－10）÷5＝258（万元）

每年的息税前利润＝50×50－50×35－120－258＝372（万元）

（3）每年的息前税后利润＝372×（1－25％）＝279（万元）

每年的净利润＝（372－28.08）×（1－25％）＝257.94（万元）

（4）第1年初的现金净流量＝－1300（万元）

经营前4年每年的现金净流量＝息前税后利润＋折旧＝279＋258＝537（万元）

经营第5年的现金净流量＝经营前4年每年的现金净流量＋残值流入

$$＝537＋10＝547（万元）$$

（5）① 普通股的资金成本＝6％＋1.4×（9.5％－6％）＝10.9％

② 债券的资金成本＝90×6％×（1－25％）/100＝4.05％

③ 加权平均资金成本＝10.9％×60％＋4.05％×40％＝8.16％≈8％

（6）净现值＝537×（P/A,8％,4）＋547×（P/F,8％,5）－1300

$$＝537×3.3121＋547×0.6806－1300$$

$$＝850.89（万元）$$

2.【答案】

（1）甲方案建设期资本化利息＝230×8％＝18.4（万元）

甲方案运营期每年支付的利息＝230×8％＝18.4（万元）

甲方案的投资总额＝230＋18.4＝248.4（万元）

（2）甲方案固定资产原值＝230＋18.4＝248.4（万元）

甲方案的项目计算期＝1＋10＝11（年）

甲方案运营期每年折旧＝（248.4－8）/10＝24.04（万元）

甲方案运营期每年营运成本＝60＋24.04＝84.04（万元）

甲方案运营期每年息税前利润＝170－84.04＝85.96（万元）

甲方案运营期每年息前税后利润＝85.96×（1－25％）＝64.47（万元）

甲方案终结点回收额＝8（万元）

（3）乙方案的原始投资＝150＋25＋65＝240（万元）

乙方案的项目计算期＝2＋5＝7（年）

乙方案运营期每年折旧＝（150－8）/5＝28.4（万元）

乙方案运营期每年无形资产摊销额＝25/5＝5（万元）

乙方案运营期每年营运成本＝80＋28.4＋5＝113.4（万元）

乙方案运营期每年息税前利润＝170－113.4＝56.6（万元）

乙方案每年息前税后利润＝56.6×（1－25％）＝42.45（万元）

乙方案终结点回收额＝8＋65＝73（万元）

（4）甲方案的净现金流量：

$NCF_0 = -230$（万元）

$NCF_1 = 0$（万元）

$NCF_{2\sim10} = 64.47 + 24.04 = 88.51$（万元）

$NCF_{11} = 88.51 + 8 = 96.51$（万元）

乙方案的净现金流量：

$NCF_0 = -150$（万元）

$NCF_1 = 0$

$NCF_2 = -90$（万元）

$NCF_{3\sim6} = 42.45 + 28.4 + 5 = 75.85$（万元）

$NCF_7 = 75.85 + 73 = 148.85$（万元）

（5）甲方案不包括建设期的静态投资回收期＝230÷88.51＝2.60（年）

甲方案包括建设期的静态投资回收期＝2.60＋1＝3.60（年）

甲方案净现值＝－230＋88.51×[(P/A,10％,10)－

(P/F,10％,1)]＋96.51×(P/F,10％,11)

＝－230＋88.51×(6.1446－0.9091)＋96.51×0.3505

＝267.22（万元）

因为2.60年＜10/2＝5年，3.60年＜11/2＝5.5年，267.22万元＞0

所以，甲方案完全具备财务可行性。

乙方案不包括建设期的静态投资回收期＝240÷75.85＝3.16（年）

乙方案包括建设期的静态投资回收期＝3.16＋2＝5.16（年）

乙方案净现值＝－150－90×(P/F,10％,2)＋75.85×[(P/A,10％,6)－

(P/A,10％,2)]＋148.85×(P/F,10％,7)

＝－150－90×0.8264＋75.85×(4.3553－1.7355)＋

148.85×0.5132

＝50.73（万元）

因为3.16年＞5/2＝2.5年，5.16年＞7/2＝3.5年，50.72万元＞0

所以，乙方案基本具备财务可行性。

（6）计算甲、乙方案的年等额净回收额：

甲方案的年等额净回收额＝267.22÷(P/A，10％，11)

$\qquad$ ＝267.22÷6.1446

$\qquad$ ＝43.49（万元）

乙方案的年等额净回收额＝50.72÷(P/A，10％，7)

$\qquad$ ＝50.72÷4.8684

$\qquad$ ＝10.42（万元）

由于甲方案的年等额净回收额大于乙方案的年等额净回收额，所以，应选择甲方案。

（7）以7年为最短计算期，甲方案调整后的净现值＝43.49×(P/A，10％，7)＝43.49×4.8684＝211.73万元，大于乙方案的净现值50.73万元，所以，应选择甲方案。

2009 年《财务管理》全真模拟题（四）
参考答案及解析

一、单项选择题

1.【答案】A

【解析】 普通年金终值系数与偿债基金系数互为倒数；普通年金现值系数与资本回收系数互为倒数；复利终值系数与复利现值系数互为倒数。

2.【答案】A

【解析】 应收账款收现保证率指标反映了企业既定会计期间预期现金支付数量扣除各种可靠、稳定性来源后的差额，必须通过应收款项有效收现予以弥补的最低保证程度。应收账款收现保证率＝（500－100）÷800＝50%。

3.【答案】A

【解析】 临时性流动资产＝700×70%＝490 万元；临时性流动负债＝300×55%＝165 万元。由于 490＞165，所以，该公司执行的是风险大收益高的平稳型组合策略。

4.【答案】B

【解析】 全面预算是根据企业目标所编制的经营、资本、财务等年度收支计划，即以货币及其他数量形式反映的有关企业未来一段时间内全部经营活动各项目标的行动计划与相应措施的数量说明。具体包括特种决策预算、日常业务预算和财务预算。财务预算包括现金预算、财务费用预算。预计利润表、预计利润分配表和预计资产负债表等。选项 B 生产预算属于日常业务预算。

5.【答案】B

【解析】 本题的考点是相关系数的运用。当相关系数为－1 时，称为完全负相关，即两项资产收益率的变化方向与变化幅度完全相反，表现为此增彼减，可以完全抵消全部投资风险。

6.【答案】D

【解析】 协调公司所有者与债权人矛盾的方法有：①附限制性条款的借款，即在借款合同中加入某些限制性条款，如规定借款用途、借款的担保条款和借款的信用条件等；②收回借款或停止借款。

7.【答案】B

【解析】 在经济繁荣期企业应增加劳动力，所以选项 B 错误。

8.【答案】 B

【解析】 经营成本与融资方案无关，所以，不应该包括利息费用，A 不正确；营业税金及附加中包括城市维护建设税和教育费附加，这两项与应交增值税有关，所以，B 正确；维持运营投资是指矿山、油田等行业为维持正常运营而需要在运营期投入的固定资产投资，所以，C 不正确；调整所得税等于息税前利润与适用的所得税税率的乘积，因此，D 不正确。

9.【答案】 C

【解析】 根据题意，偿债基金系数＝1/4.641＝0.215。

10.【答案】 B

【解析】 责任成本的内部结转又称责任转账，是指在生产经营过程中，对于因不同原因造成的各种经济损失，由承担损失的责任中心对实际发生或发现损失的责任中心进行损失赔偿的账务处理过程。

11.【答案】 C

【解析】 投资组合的预期报酬率＝14％×20％＋18％×80％＝17.2％。

12.【答案】 A

【解析】 存货 ABC 分类的标准主要有两个：一是金额标准，二是品种数量标准。其中金额标准是最基本的，品种数量标准仅作为参考。一般而言，三类存货的金额比重大致为 A：B：C＝0.7：0.2：0.1，而品种数量比重大致为 A：B：C＝0.1：0.2：0.7，因此 A 选项正确。

13.【答案】 A

【解析】 投资决策应遵循的原则包括：①综合性原则；②可操作性原则；③相关性和准确性原则；④实事求是的原则；⑤科学性原则。

14.【答案】 A

【解析】 普通股每股利润变动率与息税前利润变动率之间的比例是财务杠杆系数，而不是复合杠杆系数。

15.【答案】 A

【解析】 运用存货模式确定最佳现金持有量的假设条件包括：①所需的现金可以通过证券变现取得，证券变现的不确定性很小；②预算期内现金需要总量可以预测；③现金支出过程比较稳定，现金余额降至零时，均可以通过部分证券变现得以补足；④证券的利率或报酬率以及每次固定性交易费用可以获悉。

16.【答案】 C

【解析】 转移双方用不同价格分别计算各自的收入和成本，其差异最终由会计调整，为双重转移价格。该价格并不影响整个企业利润的计算。

17.【答案】 B

【解析】 已获利息倍数＝EBIT/I＝10，则 EBIT＝10I，DFL＝EBIT/（EBIT－I）＝

$10I/9I=1.11$

18.【答案】D

【解析】信用条件是指企业接受客户信用订单时所提出的付款要求，主要包括信用期限、现金折扣期限和现金折扣率等。

19.【答案】C

【解析】两种证券组成的投资组合的机会集是一条曲线。只要两种证券的相关系数小于1，它们组成的投资组合就具有分散风险的作用，机会集曲线就会弯曲，投资组合报酬率标准差就会小于各证券报酬率标准差的加权平均数。只有相关系数等于1时，两种证券收益率的变化方向和比例才是相等的，所以C错误。

20.【答案】B

【解析】利润中心是指既对成本负责又对收入和利润负责的区域，它有独立或相对独立的收入和生产经营决策权。

21.【答案】C

【解析】某期预计发生的销售税金及附加＝该期预计应交营业税＋该期预计应交消费税＋该期预计应交资源税＋该期预计应交城市维护建设税＋该期预计应交教育费及附加，其中并不包括预交的所得税，所以C错误。

22.【答案】D

【解析】2008年7月1日，距债券到期还有半年时间，到期日价值＝1200＋$1200×8\%=1296$元，则现值＝$1296÷(1+10\%)^{1/2}=1236$元。

23.【答案】D

【解析】选项A属于规避风险的对策，选项B属于减少风险的对策；选项C属于转移风险的对策；选项D属于接受风险的对策。

24.【答案】D

【解析】选项A和B不是项目投资现金流量表的特点；与全部投资的现金流量表相比，项目资本金现金流量表的现金流入项目没有变化，但现金流出项目不同，其具体内容包括项目资本金投资、借款本金偿还、借款利息支付、经营成本、营业税金及附加、所得税和维持运营投资等，所以C也不对。

25.【答案】B

【解析】选项A和D是固定成本，选项C是变动成本，只有选项B是半固定成本。

二、多项选择题

1.【答案】ABC

【解析】采用双重价格的前提条件是：内部转移的产品和劳务有外部市场，供应方有剩余生产能力，而且其单位变动成本要低于市价。

2. 【答案】AC

【解析】β 值反映系统风险（又称市场风险），而标准差反映的是企业的整体风险，它既包括系统风险，又包括非系统风险（特定风险），所以 D 选项是错误的，财务风险和经营风险属于特定风险，所以 B 选项也是错误的。

3. 【答案】ACD

【解析】上市公司发放股票股利，不会对公司股东权益总额产生影响，但会发生资金在各股东权益项目间的再分配。发放股票股利后，若盈利总额不变，会由于普通股股数增加而引起每股利润下降；但又由于股东所持股份的比例不变，每位股东所持股票的市场价值总额仍保持不变。同时，公司股份总额即总股数在增加。

4. 【答案】BCD

【解析】在财务管理中，零存整取储蓄存款的整取额相当于普通年金的终值；零存整取储蓄存款的零存额是普通年金形式。

5. 【答案】BCD

【解析】成本中心的特点主要表现在：①成本中心只考评成本费用而不考评收益；②成本中心只对可控成本承担责任；③成本中心只对责任成本进行考核和控制。

6. 【答案】AD

【解析】相对于债券投资而言，股票投资的优点有：市场流动性好、投资收益高。本金安全性高和投资风险小属于债券投资的优点。

7. 【答案】ABCD

【解析】股票上市可以为公司带来的益处有：①有助于改善财务状况；②利用股票收购其他公司；③利用股票市场客观评价企业；④利用股票可激励职员；⑤提高公司知名度，吸引更多顾客。

8. 【答案】CD

【解析】财务风险是指全部资本中债务资本比率的变化带来的风险。当债务资本比率较高时，投资者将负担较多的债务成本，并经受较多的财务杠杆作用所引起的收益变动的冲击，从而加大财务风险，所以 A 正确。财务杠杆作用的大小是用财务杠杆系数来表示的，财务杠杆系数越大，表明财务杠杆作用越大，财务风险也就越大，因此 B 正确。财务杠杆系数是不受销售结构影响的，因而 C 是错误的。财务杠杆系数说明的是息税前盈余增长引起的每股盈余的增长幅度，因此 D 把因果颠倒了。

9. 【答案】ACD

【解析】上市公司采用了合理的收益分配政策，则为企业筹资创造了良好的条件，能够吸引投资者对企业投资，增强其投资信心，能处理好与投资者的关系。

10. 【答案】ABD

【解析】β 系数为 1，表明该单项资产的收益率与市场平均收益率呈相同比例的变化，即该资产的风险情况与市场投资组合的风险情况一致，但并不代表该项资产没有风险。

三、判断题

1. 【答案】√

2. 【答案】√

【解析】本题的考核点是名义利率与实际利率换算。上述条件下，实际利率为 $i=(1+r/m)^m-1=(1+10\%/2)^2-1=10.25\%$，则实际利率与名义利率的差 $=10.25\%-10\%=0.25\%$，因此，本题是正确的。

3. 【答案】×

【解析】本题的考点是财务管理目标的协调。为了协调所有者和经营者的矛盾，可以采用解聘、接收、激励等方式，其中解聘是一种所有者约束经营者的办法，而接收则是一种通过市场约束经营者的办法。

4. 【答案】×

【解析】经营风险是指因生产经营方面的原因给企业盈利带来的不确定性。财务风险又称筹资风险，是指由于举债而给企业财务成果带来的不确定性。企业举债过度会给企业带来财务风险，而不是带来经营风险。

5. 【答案】√

【解析】套算利率是指在基准利率确定后，各金融机构根据基准利率和借贷款项的特点而换算出的利率。

6. 【答案】×

【解析】每股收益最大化目标避免了利润最大化的缺点，但它仍然没有考虑资金的时间价值和风险因素，也不能避免企业的短期行为。

7. 【答案】×

【解析】在建设期起点发生投资的情况下，插入函数法求得的内部收益率一定会小于项目的真实内部收益率，如果建设起点不发生任何投资，插入函数法求得的内部收益率等于项目的真实内部收益率。

8. 【答案】√

【解析】当企业的经营杠杆系数等于 1 时企业的固定成本为 0，此时企业没有经营杠杆效应但并不意味着企业没有经营风险。因为经营风险反映息税前利润的变动，即使没有固定成本，息税前利润受市场因素的影响，变动也是客观存在的。

9. 【答案】×

【解析】根据财务管理的理论，从量的规定性来看，资金时间价值是没有风险和没有通货膨胀条件下的社会平均资金利润率。国库券是一种几乎没有风险的有价证券，在没有通货膨胀的前提下，其利率可以代表资金时间价值。

10.【答案】×

【解析】经济进货批量是指能够使一定时期内存货的相关总成本达到最低点的进货数量，决定因素主要有变动性进货费用、变动性储存成本和允许缺货时的缺货成本。

四、计算分析题

1.【答案】

(1) 按资本资产定价模型：

预期报酬率＝8％＋1.4×(13％－8％)＝15％

股票市场价值＝(240－500×10％)×(1－25％)/15％＝950（万元）

该公司市场总价值＝500＋950＝1450（万元）

加权平均资金成本＝10％×(1－25％)×500/1450＋15％×950/1450

$$＝12.41％$$

(2) $\dfrac{(EBIT－500×10％－400×12％)(1－25％)}{60}＝\dfrac{(EBIT－500×10％)(1－25％)}{60＋40}$

解得：EBIT＝170（万元）

2.【答案】

(1) 应收账款的平均收账期＝50％×10＋40％×20＋10％×40＝17（天）

(2) 应收账款的平均余额＝日赊销额×平均收账天数

$$＝5000/360×17$$

$$＝236.11（万元）$$

(3) 维持赊销业务所需要的资金额＝应收账款的平均余额×变动成本率

$$＝236.11×55％$$

$$＝129.86（万元）$$

(4) 应收账款的机会成本＝维持赊销业务所需要的资金×资金成本率

$$＝129.86×15％$$

$$＝19.48（万元）$$

(5) 现金折扣成本＝5000×50％×2％＋5000×40％×1％＝70（万元）

3.【答案】

(1) 该股票组合的综合 β 系数＝0.8×20％＋1.0×30％＋1.8×50％＝1.36

(2) 该股票组合的风险报酬率＝1.36×(16％－10％)＝8.16％

(3) 该股票组合的必要报酬率$=10\%+8.16\%=18.16\%$

(4) 若必要报酬率为19%，则综合β系数$=(19\%-10\%)/(16\%-10\%)=1.5$

设投资于甲股票的比例为X，则$0.8X+1.0\times30\%+1.8\times(70\%-X)=1.5$

解得：$X=6\%$

即：12万元投资于甲股票，60万元投资于乙股票，128万元投资于丙股票。

4.【答案】

(1) 发放股票股利后的普通股股数$=600\times(1+10\%)=660$（万股）

发放股票股利后的普通股股本$=1\times660=660$（万元）

发放股票股利后的资本公积$=210+(28-1)\times600/10=1830$（万元）

现金股利$=0.2\times660=132$（万元）

利润分配后的未分配利润$=1850-28\times60-132=38$（万元）

(2) 股票分割后的普通股股数$=600\times2=1200$（万股）

股票分割后的普通股本$=600$（万元）

股票分割后的未分配利润$=1850$（万元）

发放股票股利后的资本公积$=210$（万元）

(3) 分配前市净率$=28\div(2660\div600)=6.32$

根据每股市价20元及市净率不变可知：

每股净资产$=20\div6.32=3.16$（元）

发放股票股利后的普通股股数$=600\times(1+10\%)=660$（万股）

每股市价20元时全部净资产$=3.16\times660=2085.6$（万元）

每股市价20元时的每股现金股利$=(2660-2085.6)\div660=0.87$（元）

(4) 净利润$=2.8\times600=1680$（万元）

股票回购后的每股收益$=1680\div(600-50)=3.05$（元）

市盈率$=28\div2.8=10$

股票回收后的每股市价$=3.05\times10=30.5$（元）

五、综合题

1.【答案】

(1) 根据题目可知：厂房投资8000万元；设备投资4000万元。

营运资金投资$=3\times10000\times10\%=3000$（万元）

初始投资总额$=8000+4000+3000=15000$（万元）

(2) 计算厂房和设备的年折旧额以及第4年末的账面价值

设备年折旧额$=4000\times(1-5\%)\div5=760$（万元）

设备5年末账面价值$=4000-760\times5=200$（万元）

厂房年折旧＝8000×(1－5％)÷20＝380（万元）

厂房 5 年末账面价值＝8000－380×5＝6100（万元）

（3）计算处置厂房和设备引起的税后净现金流量

厂房处置损益＝7000－6100＝900（万元）

厂房处置净现金流入＝7000－900×25％＝6775（万元）

设备处置净现金流入＝200（万元）

（4）各年项目现金净流量，以及项目的净现值和回收期

NCF_0＝－15000（万元）

$NCF_{1\sim4}$＝(30000－21000－4000－760－380)×(1－25％)＋(760＋380)

＝4035（万元）

NCF_5＝4035＋6775＋200＋3000＝14010（万元）

静态回收期＝15000/4035＝3.72（年）

2.【答案】填表如下：

11 月份现金预算　　　　　　　　　　　单位：元

项　　目	金　　额
期初现金	15000
现金收入：	
支票收款	35000
9 月销售 2 万件	20000×8％×9＝14400
10 月销售 3 万件	30000×30％×9＝81000
11 月销售 4 万件	40000×60％×9＝216000
销货收现合计	311400
可使用现金合计	361400
现金支出：	
上月应付账款	77500
本月进货付现支出	(40000＋25000×10％＋1000－4000)×5×50％＝98750
付现费用	85000－12000＝73000
购置设备	150000
所得税	20000
现金支出合计	419250
现金多余(或不足)	(57850)
借入银行借款	70000
期末现金余额	12150

2009 年《财务管理》全真模拟题（五）
参考答案及解析

一、单项选择题

1.【答案】C

【解析】在经济繁荣期，应选择的经营策略包括：继续建立存货；扩充厂房设备；提高产品价格；开展营销规划；增加劳动力。而在经济衰退期则应停止扩招雇员。选项 C 是在经济萧条期应采用的策略。

2.【答案】A

【解析】按照资本资产定价模型的假定条件，所有投资者都计划只在一个周期内持有资产，都只关心投资计划期内的情况，而不考虑计划期以后的事情。

3.【答案】D

【解析】企业价值最大化目标的优点包括：①考虑了资金的时间价值和投资的风险价值；②反映了对企业资产保值增值的要求；③有利于克服管理上的片面性和短期行为；④有利于社会资源的合理配置。

该目标的缺点包括：①即期市场上的股价不一定能够直接揭示企业的获利能力；②法人股东对股价最大化目标没有足够的兴趣；③非股票上市公司，企业价值评估比较困难。

4.【答案】C

【解析】剩余股利政策的优点在于能充分利用筹资成本低的资金来源，保持理想的资金结构，使综合资金成本最低。

5.【答案】B

【解析】经营杠杆系数＝息税前利润增长率/销售量增长率，$10\% \div 2 = 5\%$。

6.【答案】A

【解析】选项 C 是按照利率之间的变动关系划分的；选择 D 是按照利率与市场资金供求情况的关系划分的。

7.【答案】A

【解析】购买 1 股新股所需要的优先认股权数＝$150 \div 50 = 3$，则除权优先认股权的价值＝$(25 - 10) \div 3 = 5$ 元。

8.【答案】A

【解析】偿债基金的计算实际上是年金终值的逆运算，所以 A 不正确。

9.【答案】D

【解析】公司派发股票股利，不会导致股东财富的增加，也不会导致公司资产的流出和负债的增加，但会引起所有者权益各项目的结构发生变化。

10. 【答案】C

【解析】总资产报酬率＝(120＋10)/[(600＋680)÷2]×100％＝20.31％。

11. 【答案】D

【解析】酌量性固定成本是否发生以及发生数额的多少是由管理人员的决策所决定的，主要包括各种管理费用和某些间接成本项目，如研究开发费用、广告宣传费用、职工培训费用等。故选 D。

12. 【答案】B

【解析】DOL＝EBIT/(EBIT＋4)＝2，则 EBIT＝4，已获利息倍数＝EBIT/1＝4。

13. 【答案】D

【解析】利润中心负责人可控利润总额与利润中心总额可控利润是两个不同的概念，利润中心可控利润总额等于利润中心负责人可控利润总额减去利润中心负责人不可控固定成本。由于利润中心负责人无法控制不可控成本，故利润中心负责人可控利润总额是考核利润中心负责人的最佳指标。

14. 【答案】B

【解析】成本的可控性与不可控性，随着条件的变化可能发生相互转化。低层次责任中心的不可控成本，对于较高层次责任中心来说，可能是可控的，但不是绝对的。

15. 【答案】A

【解析】投资利润率的优点包括：①投资利润率能反映投资中心的综合盈利能力；②投资利润率具有横向可比性；③投资利润率可以作为选择投资机会的依据，有利于调整资产的存量，优化资源配置；④以投资利润率作为评价投资中心经营业绩的尺度，可以正确引导投资中心的经营管理行为，使其行为长期化。避免本位主义是剩余收益指标的特点。

16. 【答案】A

【解析】预计期权标的物价格将上升时，应买进认购期权。

17. 【答案】D

【解析】利润中心可控利润总额＝50－20－3－1＝26万元。

18. 【答案】D

【解析】采用市场价格，一般假定各责任中心处于独立自主的状态，可自由决定从外部或内部进行购销。

19. 【答案】A

【解析】选项BC是权益性筹资的优点，选项 D 是股票上市的优点。

20.【答案】C

【解析】相关系数为1时，如果两种资产的投资比例相同，则两种资产组成投资组合的标准差是各自标准差的算术平均数。

21.【答案】C

【解析】市盈率不能用于不同行业公司的比较，充满扩展机会的新兴行业市盈率普遍较高，而成熟工业的市盈率普遍较低，这并不说明成熟工业的股票没有投资价值。在每股收益很小或亏损时，市价不会降至零，很高的市盈率不说明任何问题。

22.【答案】A

【解析】投资成本＝营运资本＋长期资产增加额－经营长期负债＝（经营性流动资产－经营性流动负债）＋（长期资产增加额－经营长期负债）＝（300－200）－（800－180）＝720万元

23.【答案】C

【解析】认股权证的理论价值＝（普通股市价－执行价值）×换股比率。由公式可知，普通股市价和换股比率越大，认股权证的理论价值越大，所以AB正确；执行价格越高，认股权证的理论价值越低，所以C不正确；剩余有效期间越长，市价高于执行价格的可能性就越大，认股权证的理论价值就越大，所以D正确。

24.【答案】D

【解析】已获利息倍数＝EBIT/I＝3，则财务杠杆系数＝EBIT/（EBIT－1）＝1.5。

25.【答案】D

【解析】现金流入量＝5000＋（60000×10%－5000）×25%＝5250元。

二、多项选择题

1.【答案】BCD

【解析】财务风险是由负债筹资引起的风险，负债比重越大，财务风险越大。

2.【答案】BCD

【解析】本题考核的是"计算现金流量应注意的问题及假设"的知识点。一年前的论证费用为非相关成本，所以不应列入现金流出量。

3.【答案】ABD

【解析】发放股票股利会引起所有者权益的内部结构发生变化，但是进行股票分割不会引起所有者权益的内部结构发生变化。

4.【答案】ABC

【解析】选项A，通常在除息日之前进行交易的股票，其价格高于在除息日后进行交易的股票价格，其原因主要在于前种股票的价格包含应得的股利收入在内。选项B，在公司的初创阶段适合采用剩余股利政策，在公司的高速发展阶段，适合采用低正常股利加额外股利政策。选项 C，法定公积金按照本年实现净利润弥补以前年度亏损后的 10% 提取，法定公积金达到注册资本的 50% 时，可不再提取。选项 D，从公司管理层来说，派发现金股利会对公司产生未来的派现压力，而回购股票属于非常股利政策，不会对公司产生未来的派现压力，因此，股票回购不仅有利于实现其长期的股利政策目标，也可以防止派发剩余现金造成的短期效应。

5.【答案】 ABD

【解析】 如果企业缺乏良好的投资机会，保留大量盈余会造成资金的闲置，可适当增大分红数额，所以不会采用低股利政策。

6.【答案】 BC

【解析】 契约型基金的资金是信托资产，公司型基金的资金是公司法人的资本，所以 A 错误；契约型基金运营依据是基金契约，公司型基金运营依据是基金公司章程，所以 D 错误。

7.【答案】 ABC

【解析】 股票回购的动因之一就是满足企业兼并与收购的需要，在进行企业兼并与收购时，产权交换的实现方式包括现金购买及换股两种。如果公司有库藏股，则可以用公司的库藏股来交换被并购公司的股权，这样可以减少公司的现金支出。A、B、C 均为股票回购的缺点。

8.【答案】 ABD

【解析】 在其他条件不变的情况下，内部转移价格的变动，只是企业内部利益的重新分配，不会引起企业总利润的变化，所以 C 不对。

9.【答案】 AC

【解析】 相对权益资金的筹资方式而言，长期借款筹资的缺点主要有：①财务风险较大；②限制条款较多；③筹资数额有限。资金成本较低和筹资速度快属于长期借款筹资的优点。

10.【答案】 CD

【解析】 本题考核的是"营运资金"的知识点。选项 A、B 会减少营运资金数额。一般来说存货周转期和应收账款周转期越长，应付账款周转期越短，营运资金数额就越大。相反，存货周转期和应收账款周转期越短，应付账款周转期越长，营运资金数额就越小。

三、判断题

1.【答案】 ×

【解析】 财务控制按照控制的对象分为现金控制和收支控制，收支控制旨在提高收入、较低成本，其根本目的是实现利润最大化；现金控制应力求实现现金流入流出的基本平衡，既要防止因现金短缺而可能出现的支付危机，也要防止因现金沉淀而可能出现的机会成本增加。

2. 【答案】 ×

【解析】 现金的持有成本是指企业因保留一定的现金余额而增加的管理费用及丧失的再投资收益，其中管理费用在一定范围内与现金持有量的关系不大；再投资收益是企业不能用该现金进行有价证券投资所产生的机会成本，它与现金持有量成正比。

3. 【答案】 √

【解析】 技术分析只关心市场上股票价格的波动和如何获得股票投资的短期收益，很少涉及股票市场以外的因素；基本分析不仅研究整个证券市场的情况，而且研究单个证券的投资价值，不仅关心证券的收益，而且关心证券的升值。

4. 【答案】 √

【解析】 本题考核的是"责任预算、责任报告与业绩考核"的知识点。内部转移价格的变动，会使企业内部买卖双方的收入或内部利润呈反方向变化，但从整个企业角度看，一方增加的收入或利润是另一方减少的收入或利润，一增一减，数额相等方向相反，所以从企业总体而言，内部转移价格无论怎样变动，企业利润总额不变。

5. 【答案】 ×

【解析】 项目投资中既包括货币性投资，也包括项目需投入的、企业现有的、非货币资产的变现价值。

6. 【答案】 √

【解析】 普通股股利支付不固定。企业破产后，股东的求偿权位于最后，与其他投资者相比，普通股股东所承担的风险最大，普通股的报酬也就最高。所以，在各种资金来源中，普通股的成本最高。

7. 【答案】 ×

【解析】 按照销售百分率法预测出来的资金需要量，是企业在未来一定时期支持销售增长而需要的外部融资额。

8. 【答案】 √

【解析】 或有负债包括已贴现商业承兑汇票/对外担保、未决诉讼等涉及的金额以及其他或有负债。该比率说明所有者权益对或有负债的保障程度，指标小，风险低；指标大，风险高。

9. 【答案】 √

【解析】 复合杠杆系数＝经营杠杆系数×财务杠杆系数。所以无论是经营杠杆系数变大，还是财务杠杆系数变大，都可能导致企业的复合杠杆系数变大。

10.【答案】√

【解析】本题考核的是"资产组合的风险与收益"、"非系统风险与风险分散"的知识点。在实际中两项资产的收益率具有完全正相关或完全负相关关系的情况几乎是不可能的，绝大多数资产两两之间都具有不完全的相关关系，所以资产组合可以分散风险，但资产组合所分散掉的是由方差表示的各资产本身的风险，而由协方差表示的各资产收益率之间相互作用、共同运动所产生的风险是不能通过资产组合来消除的。

四、计算分析题

1.【答案】

（1）这四种股票的预期收益率分别为：

$K_甲 = 8\% + 0.7 \times (17\% - 8\%) = 14.3\%$

$K_乙 = 8\% + 1.2 \times (17\% - 8\%) = 18.8\%$

$K_丙 = 8\% + 1.6 \times (17\% - 8\%) = 22.4\%$

$K_丁 = 8\% + 2.1 \times (17\% - 8\%) = 26.9\%$

（2）甲股票价值 = $8 \times (1 + 6\%)/(14.3\% - 6\%) = 102.17$（元）> 0

甲股票可以购买。

（3）甲乙丙组合的 β 系数 = $0.7 \times (5 \div 10) + 1.2 \times (2 \div 10) + 1.6 \times (3 \div 10) = 1.07$

甲乙丙组合的必要收益率 = $8\% + 1.07 \times (17\% - 8\%) = 17.63\%$

（4）乙丙丁组合的 β 系数 = $1.2 \times (3 \div 10) + 1.6 \times (2 \div 10) + 2.1 \times (5 \div 10) = 1.73$

乙丙丁组合的必要收益率 = $8\% + 1.73 \times (17\% - 8\%) = 23.57\%$

（5）该公司为降低投资风险，应选择甲乙丙投资组合。

2.【答案】

（1）① 变动成本总额 = $3500 - 600 = 2900$（万元）

② 变动成本率 = $2900 \div 5000 = 58\%$

（2）计算 B 方案的下列指标：

① 应收账款平均收账天数 = $30\% \times 10 + 20\% \times 20 + 50\% \times 90 = 52$（天）

② 应收账款平均余额 = $5800 \div 360 \times 52 = 837.78$（万元）

③ 应收账款所需资金 = $837.78 \times 58\% = 485.91$（万元）

④ 应收账款机会成本 = $485.91 \times 8\% = 38.87$（万元）

⑤ 坏账成本 = $5800 \times 50\% \times 4\% = 116$（万元）

⑥ 采用 B 方案的信用成本 = $38.87 + 116 + 50 = 204.87$（万元）

（3）① A 方案的现金折扣 = 0

② B方案的现金折扣＝5800×（2%×30%＋1%×20%）＝46.4（万元）

③ A方案信用成本前收益＝6000×（1−58%）＝2520（万元）

B方案信用成本前收益＝5800×（1−58%）−46.4＝2389.6（万元）

AB两方案信用成本前收益之差＝2520−2389.6＝130.4（万元）

④ A方案信用成本后收益＝2520−140＝2380（万元）

B方案信用成本后收益＝2389.6−204.87＝2184.73（万元）

AB方案信用成本后收益之差＝2380−2184.73＝195.27（万元）

（4）因为B方案信用成本后收益小于A方案信用成本后收益，所以应采用A方案。

3.【答案】

（1）变动资产的销售百分比＝（20000＋40000）÷150000＝40%

变动负债的销售百分比＝13000÷150000＝8.67%

需从外部追加的资金＝（200000−150000）×40%−（200000−150000）×8.67%−200000×10%×30%＝9665（元）

（2）需从外部追加的资金＝50000＋9665＝59665（元）

4.【答案】

（1）Δ 年折旧＝（150000−10000）/5−（60000−6000）/5＝17200（元）

ΔNCF_0＝−（150000−60000）＝−90000（元）

$\Delta NCF_{1\sim4}$＝（Δ 收入−Δ 付现成本−Δ 折旧）×（1−25%）+Δ 折旧

$\qquad\qquad$＝[16000−（−9000）−17200]×（1−25%）+17200

$\qquad\qquad$＝23050（元）

ΔNCF_5＝ΔNCF_4+Δ 残值＝23050＋（10000−6000）＝27050（元）

（2）ΔNPV＝23050×（$P/A,\Delta IRR,4$）+27050×（$P/F,\Delta IRR,5$）−90000

当 i＝8%时，

ΔNPV＝22426×（$P/A,8\%,4$）+26426×（$P/F,8\%,5$）−90000＝23050×3.3121+27050×0.6806−90000＝4754.14

当 i＝10%时，

ΔNPV＝23050×（$P/A,10\%,4$）+27050×（$P/F,10\%,5$）−90000＝23050×3.1699+27050×0.6209−90000＝−138.46（元）

（$\Delta IRR−8\%$）/（10%−8%）＝（0−4754.14）/（−138.46−4754.14）

解得 ΔIRR＝9.94%

（3）当折现率设为8%时，IRR大于8%，应以新设备替换旧设备；当折现率设为10%时，IRR小于10%，应继续使用旧设备。

五、综合题

1.【答案】

（1）息税前利润＝6000×（1－60％）－1500＝900（万元）

（2）净利润＝900×（1－25％）＝675（万元）

每股收益＝675/200＝3.38（元）

每股股利＝3.38×40％＝1.35（元）

（3）权益资金成本＝4.6％＋1.6×9％＝19％

加权平均资金成本＝19％×60％＋8％×（1－25％）×40％＝13.8％

（4）计算股票的内在价值

项目	快速成长（15％）		稳定成长（10％）			零成长 0
年份	未来第 1 年	未来第 2 年	未来第 3 年	未来第 4 年	未来第 5 年	未来第 6 年
每股股利	1.55	1.78	1.96	2.16	2.38	2.38
复利现值系数（14％）	0.8772	0.7695	0.6750	0.5921	0.5194	
现值	1.36	1.37	1.32	1.28	1.24	

股票的内在价值＝1.36＋1.37＋1.32＋1.28＋1.24＋2.38/14％×0.5194

＝15.40（元）

（5）计算每股收益无差别点下的息税前利润（设负债为 1，股票为 2）

增加资金方式	债 券 1	股 票 2
股数	200 万股	200＋500/10＝250 万股
利息	（2000×40％×8％）＋500×10％＝114 万元	2000×40％×8％＝64 万元

$$\frac{(EBIT-I_1)(1-T)}{N_1}=\frac{(EBIT-I_2)(1-T)}{N_2}$$

则，无差别点下的 $EBIT_0$＝$(N_2 \times I_1 - N_1 \times I_2)/(N_2 - N_1)$

＝（250×114－200×64）/（250－200）

＝314（万元）

（6）因为，增加新产品后，预计息税前利润＝900＋66＝966＞314（万元）

所以，选择债券追加资金。

（7）财务杠杆系数＝966/（966－114）＝1.13

2.【答案】

（1）该项目的各项指标

① 项目计算期＝2＋10＝12（年）

② 固定资产年折旧额＝（800－50）÷10＝75（万元）

③ 无形资产年摊销额＝(1200－800－230)÷10＝17（万元）

④ 经营期每年的总成本＝200＋75＋17＋200×10％＝312（万元）

⑤ 经营期每年的息税前利润＝600－(200＋75)＝325（万元）

(2) 该项目各项净现金流量指标

① 建设期各年的净现金流量

$NCF_{0\sim1}$＝－(1200－230)÷2＝－485（万元）

NCF_2＝－230（万元）

② 投产后 1～9 年每年的自由现金流量＝325×(1－25％)＋75＋17
　　　　　　　　　　　　　　　　　　＝335.75（万元）

③ 项目计算期期末回收额＝230＋50＝280（万元）

④ 终结点自由现金流量＝335.75＋280＝615.75（万元）